La Mère de la Marquise

Edmond About

LA MÈRE DE LA MARQUISE

I

Ceci est une vieille histoire qui datera tantôt de dix ans.

Le avril , on lisait dans tous les grands journaux de Paris l'annonce suivante:

«Un jeune homme de bonne famille, ancien élève d'une école du gouvernement, ayant étudié dix ans les mines, la fonte, la forge, la comptabilité et l'exploitation des coupes de bois, désirerait trouver dans sa spécialité un emploi honorable. Écrire à Paris, poste restante, à M. L. M. D. O.»

La propriétaire des belles forges d'Arlange, Mme Benoît, était alors à Paris, dans son petit hôtel de la rue Saint-Dominique; mais elle ne lisait jamais les journaux. Pourquoi les aurait-elle lus? Elle ne cherchait pas un employé pour sa forge, mais un mari pour sa fille.

Mme Benoît, dont l'humeur et la figure ont bien changé depuis dix ans, était en ce temps-là une personne tout à fait aimable. Elle jouissait délicieusement de cette seconde jeunesse que la nature n'accorde pas à toutes les femmes, et qui s'étend entre la quarantième et la cinquantième année. Son embonpoint un peu majestueux lui donnait l'aspect d'une fleur très épanouie, mais personne en la voyant ne songeait à une fleur fanée. Ses petits yeux étincelaient du même feu qu'à vingt ans; ses cheveux n'avaient pas blanchi, ses dents ne s'étaient pas allongées; ses joues et ses mentons resplendissaient de cette fraîcheur vigoureuse, luisante et sans duvet qui distingue la seconde jeunesse de la première. Ses bras et ses épaules auraient fait envie à beaucoup de jeunes femmes. Son pied s'était un peu écrasé sous le poids de son corps, mais sa petite main rose et potelée brillait encore au milieu des bagues et des bracelets comme un bijou entre des bijoux.

Les dedans d'une personne si accomplie répondaient exactement au dehors. L'esprit de Mme Benoît était aussi vif que ses yeux. Sa figure n'était pas plus épanouie que son caractère. Le rire ne tarissait jamais sur cette jolie bouche; ses belles petites mains étaient toujours ouvertes pour donner. Son âme semblait faite de bonne humeur et de bonne volonté. À ceux qui s'émerveillaient d'une gaieté si soutenue et d'une bienveillance si universelle, Mme Benoît répondait: «Que voulez-vous? Je suis née heureuse. Mon passé ne renferme rien que d'agréable, sauf quelques heures oubliées depuis longtemps; le présent est comme un ciel sans nuage; quant à l'avenir, j'en suis

2/73

sûre, je le tiens. Vous voyez bien qu'il faudrait être folle pour se plaindre du sort ou prendre en grippe le genre humain!»

Comme il n'est rien de parfait en ce monde, Mme Benoît avait un défaut, mais un défaut innocent, qui n'avait jamais fait de mal qu'à elle-même. Elle était, quoique l'ambition semble un privilège du sexe laid, passionnément ambitieuse. Je regrette de n'avoir pas trouvé un autre mot pour exprimer son seul travers; car, à vrai dire, l'ambition de Mme Benoît n'avait rien de commun avec celle des autres hommes. Elle ne visait ni à la fortune ni aux honneurs: les forges d'Arlange rapportaient assez régulièrement cent cinquante mille francs de rente; et, quant au reste, Mme Benoît n'était pas femme à rien accepter du gouvernement de . Que poursuivait-elle donc? Bien peu de chose. Si peu, que vous ne me comprendriez pas si je ne racontais d'abord en quelques lignes la jeunesse de Mme Benoît née Lopinot.

Gabrielle-Auguste-Éliane Lopinot naquit au cœur du faubourg Saint-Germain, sur les bords de ce bienheureux ruisseau de la rue du Bac, que Mme de Staël préférait à tous les fleuves de l'Europe. Ses parents, bourgeois jusqu'au menton, vendaient des nouveautés à l'enseigne du Bon saint Louis, et accumulaient sans bruit une fortune colossale. Leurs principes bien connus, leur enthousiasme pour la monarchie et le respect qu'ils affichaient pour la noblesse leur conservaient la clientèle de tout le faubourg. M. Lopinot, en fournisseur bien appris, n'envoyait jamais une note qu'on ne la lui eût demandée. On n'a jamais ouï dire qu'il eût appelé en justice un débiteur récalcitrant. Aussi les descendants des croisés firent-ils souvent banqueroute au Bon saint Louis; mais ceux qui payent, payent pour les autres. Cet estimable marchand, entouré de personnes illustres dont les unes le volaient et dont les autres se laissaient voler, arriva peu à peu à mépriser uniformément sa noble clientèle. On le voyait très humble et très respectueux au magasin; mais il se relevait comme par ressort en rentrant chez lui. Il étonnait sa femme et sa fille par la liberté de ses jugements et l'audace de ses maximes. Peu s'en fallait que Mme Lopinot ne se signât dévotement lorsqu'elle l'entendait dire après boire: «J'aime fort les marquis, et ils me semblent gens de bien; mais à aucun prix je ne voudrais d'un marquis pour gendre.»

Ce n'était pas le compte de Gabrielle-Auguste-Éliane. Elle se fût fort accommodée d'un marquis, et, puisque chacun de nous doit jouer un rôle en ce monde, elle donnait la préférence au rôle de marquise. Cette enfant, accoutumée à voir passer des calèches comme les petits paysans à voir voler les hirondelles, avait vécu dans un perpétuel éblouissement. Portée à l'engouement, comme toutes les jeunes filles, elle avait admiré les objets qui l'entouraient: hôtels, chevaux, toilettes et livrées. À douze ans, un grand nom exerçait une sorte de fascination sur son oreille; à quinze, elle se sentait prise d'un profond respect pour ce qu'on appelle le faubourg Saint-Germain, c'est-à-dire pour cette aristocratie incomparable qui se croit supérieure à tout le genre humain par droit de naissance. Lorsqu'elle fut en âge de se marier, la première idée qui lui vint, c'est qu'un coup de fortune pouvait la faire entrer dans ces hôtels dont elle contemplait la porte cochère, l'asseoir à côté de ces grandes dames radieuses qu'elle n'osait regarder en face, la mêler à ces conversations qu'elle croyait plus spirituelles que les plus beaux livres et plus intéressantes que les meilleurs romans. «Après tout, pensait-elle il ne faut pas un grand miracle pour abaisser devant moi la barrière infranchissable. C'est assez que ma figure ou ma dot fasse la conquête d'un comte, d'un duc ou d'un marquis.» Son ambition visait surtout au marquisat, et pour cause. Il y a des ducs et des comtes de création récente, et qui ne sont pas reçus au faubourg; tandis que tous les marquis sans exception sont de la vieille roche, car depuis Molière on n'en fait plus.

Je suppose que si elle avait été livrée à elle-même, elle aurait trouvé sans lanterne l'homme qu'elle souhaitait pour mari. Mais elle vivait sous l'aile de sa mère, dans une solitude profonde, où M. Lopinot venait de temps en temps lui offrir la main d'un avoué, d'un notaire ou d'un agent de change. Elle refusa dédaigneusement tous les partis jusqu'en . Mais un beau matin elle s'aperçut qu'elle avait vingt-cinq ans sonnés, et elle épousa subitement M. Morel, maître de forges à Arlange. C'était un homme excellent de roturier, qu'elle aurait aimé comme un marquis si elle avait eu le temps. Mais il mourut le juillet , six mois après la naissance de sa fille. La belle veuve fut tellement outrée de la révolution de Juillet, qu'elle en oublia presque de pleurer son mari. Les embarras de la succession et le soin des forges la retinrent à Arlange jusqu'au choléra de , qui lui enleva en quelques jours son père et sa mère. Elle revint alors à Paris, vendit le Bon saint Louis, et acheta son hôtel de la rue Saint-Dominique, entre le comte de Preux et la maréchale de Lens. Elle s'établit avec sa fille dans son nouveau domicile, et ce n'est pas sans une joie secrète qu'elle se vit logée dans un hôtel de noble apparence, entre un comte et une maréchale. Son mobilier était plus riche que le mobilier de ses voisins, sa serre plus grande, ses chevaux de meilleure race et ses voitures mieux suspendues. Cependant elle aurait donné de bon cœur serre, mobilier, chevaux et voitures pour avoir le droit de voisiner un brin. Les murs de son jardin n'avaient pas plus de quatre mètres de haut, et, dans les soirées tranquilles de l'été, elle entendait causer, tantôt chez le comte, tantôt chez la maréchale. Malheureusement il ne lui était pas permis de prendre part à la conversation. Un matin, son jardinier lui apporta un vieux cacatoès qu'il avait pris sur un arbre. Elle rougit de plaisir en reconnaissant le perroquet de la maréchale. Elle ne voulut céder à personne le plaisir de rendre ce bel oiseau à sa maîtresse, et, au risque d'avoir les mains déchiquetées à coups de bec, elle le reporta elle-même. Mais elle fut reçue par un gros intendant qui la remercia dignement sur le pas de la porte. Quelques jours après, les enfants du comte de Preux envoyèrent dans ses plates-bandes un ballon tout neuf. La crainte d'être remerciée par un intendant fit qu'elle renvoya le ballon à la comtesse par un de ses domestiques, avec une lettre fort spirituelle et de la tournure la plus aristocratique. Ce fut le précepteur des enfants, un vrai cuistre, qui lui répondit. La jolie veuve (elle était alors dans le plein de sa beauté) en fut pour ses avances. Elle se disait quelquefois le soir, en rentrant chez elle: «Le sort est bien ridicule! J'ai le droit d'entrer tant que je veux au n° , et il ne m'est pas permis de m'introduire pour un quart d'heure au ou au !» Ses seules connaissances dans le monde du faubourg étaient quelques débiteurs de son père, auxquels elle n'avait garde de demander de l'argent. En récompense de sa discrétion, ces honorables personnes la recevaient quelquefois le matin. À midi, elle pouvait se déshabiller: toutes ses visites étaient faites.

Le régisseur de la forge l'arracha à cette vie intolérable en la rappelant à ses affaires. Arrivée à Arlange, elle y trouva ce qu'elle avait cherché vainement dans tout Paris: la clef du faubourg Saint-Germain. Un de ses voisins de campagne hébergeait depuis trois mois M. le marquis de Kerpry, capitaine au e régiment de dragons. Le marquis était un homme de quarante ans, mauvais officier, bon vivant, toujours vert, assuré contre la vieillesse, et célèbre par ses dettes, ses duels et ses fredaines. Du reste, riche de sa solde, c'est-à-dire excessivement pauvre. «Je tiens mon marquisat!» pensa la belle Éliane. Elle fit sa cour au marquis, et le marquis ne lui tint pas rigueur. Deux mois plus tard il envoyait sa démission au ministère de la guerre et conduisait à l'église la veuve de M. Morel. Conformément à la loi, le mariage fut affiché dans la commune d'Arlange, au e arrondissement de Paris, et dans la dernière garnison du capitaine. L'acte de naissance du marié, rédigé sous la Terreur, ne portait que le nom vulgaire de Benoît, mais on y joignit un acte de notoriété publique attestant que de mémoire d'homme M. Benoît était connu comme marquis de Kerpry.

La nouvelle marquise commença par ouvrir ses salons au faubourg Saint-Germain du voisinage: car le faubourg s'étend jusqu'aux frontières de la France.

Après avoir ébloui de son luxe tous les hobereaux des environs, elle voulut aller à Paris prendre sa revanche sur le passé; et elle conta ce projet à son mari. Le capitaine fronça le sourcil et déclara net qu'il se trouvait bien à Arlange. La cave était bonne, la cuisine de son goût, la chasse magnifique; il ne demandait rien de plus. Le faubourg Saint-Germain était pour lui un pays aussi nouveau que l'Amérique: il n'y possédait ni parents, ni amis, ni connaissances. «Bonté divine! s'écria la pauvre Éliane, faut-il que je sois tombée sur le seul marquis de la terre qui ne connaisse pas le faubourg Saint-Germain!»

Ce ne fut pas son seul mécompte. Elle s'aperçut bientôt que son mari prenait l'absinthe quatre fois par jour, sans parler d'une autre liqueur appelée vermouth qu'il avait fait venir de Paris pour son usage personnel. La raison du capitaine ne résistait pas toujours à ces libations répétées, et, lorsqu'il sortait de son bon sens, c'était, le plus souvent, pour entrer en fureur. Ses vivacités n'épargnaient personne, pas même Éliane, qui en vint à souhaiter tout de bon de n'être plus marquise. Cet événement arriva plus tôt qu'elle ne l'espérait.

Un jour le capitaine était souffrant pour s'être trop bien comporté la veille. Il avait la tête lourde et les yeux battus. Assis dans le plus grand fauteuil du salon, il lustrait mélancoliquement ses longues moustaches rousses. Sa femme, debout auprès d'un samovar, lui versait coup sur coup d'énormes tasses de thé. Un domestique annonça M. le comte de Kerpry. Le capitaine, tout malade qu'il était, se dressa brusquement en pieds.

«Ne m'avez-vous pas dit que vous étiez sans parents?» demanda Éliane un peu étonnée.

—Je ne m'en connaissais pas, répondit le capitaine, et je veux que le diable m'emporte... Mais nous verrons bien. Faites entrer!»

Le capitaine sourit dédaigneusement lorsqu'il vit paraître un jeune homme de vingt ans, d'une beauté presque enfantine. Il était de taille raisonnable, mais si frêle et si délicat, qu'on pouvait croire qu'il n'avait pas fini de grandir. Ses longs yeux bleus regardaient autour d'eux avec une sorte de timidité farouche. Lorsqu'il aperçut la belle Éliane, sa figure rougit comme une pêche d'espalier. Le timbre de sa voix était doux, frais, limpide, presque féminin. Sans la moustache brune qui se dessinait finement sur sa lèvre, on aurait pu le prendre pour une jeune fille déguisée en homme.

«Monsieur, dit-il au capitaine en se tournant à demi vers Éliane, quoique je n'aie pas l'honneur d'être connu de vous, je viens vous parler d'affaires de famille. Notre conversation, qui sera longue, contiendra sans doute des chapitres fastidieux, et je crains que madame n'en soit ennuyée.

—Vous avez tort de craindre, monsieur, reprit Éliane en se rengorgeant: la marquise de Kerpry veut et doit connaître toutes les affaires de la famille, et, puisque vous êtes un parent de mon mari...

—C'est ce que j'ignore encore, madame, mais nous le déciderons bientôt, et devant vous, puisque vous le désirez et que monsieur semble y consentir.»

Le capitaine écoutait d'un air hébété, sans trop comprendre. Le jeune comte se tourna vers lui comme pour le prendre à partie.

«Monsieur, lui dit-il, je suis le fils aîné du marquis de Kerpry, qui est connu de tout le faubourg Saint-Germain, et qui a son hôtel rue Saint-Dominique.

—Quel bonheur!» s'écria étourdiment Éliane.

Le comte répondit à cette exclamation par un salut froid et cérémonieux. Il poursuivit:

«Monsieur, comme mon père, mon grand-père et mon bisaïeul étaient fils uniques, et qu'il n'y a jamais eu deux branches dans la famille, vous excuserez l'étonnement qui nous a saisis le jour où nous avons appris par les journaux le mariage d'un marquis de Kerpry.

—Je n'avais donc pas le droit de me marier? demanda le capitaine en se frottant les yeux.

—Je ne dis pas cela, monsieur. Nous avons à la maison, outre l'arbre généalogique de la famille, tous les papiers qui établissent nos droits à porter le nom de Kerpry. Si vous êtes notre parent, comme je le désire, je ne doute pas que vous n'ayez aussi entre les mains quelques papiers de famille.

—À quoi bon? les paperasses ne prouvent rien, et tout le monde sait qui je suis.

—Vous avez raison, monsieur, il ne faut pas beaucoup de parchemins pour établir une preuve solide; il suffit d'un acte de naissance, avec...

—Monsieur, mon acte de naissance porte le nom de Benoît. Il est daté de . Comprenez-vous?

—Parfaitement, monsieur, et, en dépit de cette circonstance, je conserve l'espoir d'être votre parent. Êtes-vous né à Kerpry ou dans les environs?

—Kerpry?... Kerpry? où prenez-vous Kerpry?

—Mais où il a toujours été: à trois lieues de Dijon, sur la route de Paris.

—Eh! monsieur, que m'importe à moi? puisque Robespierre a vendu les biens de la famille...

—On vous a mal informé, monsieur. Il est vrai que la terre et le château ont été mis en vente comme biens d'émigré, mais ils n'ont pas trouvé d'acheteur, et S. M. le roi Louis XVIII a daigné les rendre à mon père.»

Le capitaine était insensiblement sorti de sa torpeur; ce dernier trait acheva de le réveiller. Il marcha, les poings serrés, vers son frêle adversaire, et lui cria dans le visage:

«Mon petit monsieur, il y a quarante ans que je suis marquis de Kerpry, et celui qui m'arrachera mon nom aura le poignet solide.»

Le comte pâlit de colère, mais il se souvint de la présence d'Éliane, qui s'étendait, anéantie, sur une chaise longue. Il répondit d'un ton dégagé:

«Mon grand monsieur, quoique les jugements de Dieu soient passés de mode, j'accepterais volontiers le moyen de conciliation que vous m'offrez, si j'étais seul intéressé dans l'affaire. Mais je représente ici mon père, mes frères et toute une famille, qui aurait lieu de se plaindre si je jouais ses intérêts à pile ou face. Permettez-moi donc de retourner à Paris. Les tribunaux décideront lequel de nous usurpe le nom de l'autre.»

Là-dessus le comte fit une pirouette, salua profondément la prétendue marquise, et regagna sa chaise de poste avant que le capitaine eût songé à le retenir.

Le samovar ne bouillait plus; mais ce n'était pas de thé qu'il s'agissait entre le capitaine et sa femme. Éliane voulait savoir si elle était oui ou non marquise de Kerpry. L'impétueux Benoît, qui venait d'user son reste de patience, s'oublia au point de battre la plus jolie personne du département. C'est à ces circonstances que Mme Benoît faisait allusion lorsqu'elle parlait de quelques heures désagréables oubliées depuis longtemps.

Le procès Kerpry contre Kerpry ne se fit pas attendre. Le sieur Benoît eut beau répéter par l'organe de son avocat qu'il s'était toujours entendu appeler marquis de Kerpry, il fut condamné à signer Benoît et à payer les frais. Le jour où il reçut cette nouvelle, il écrivit au jeune comte une lettre d'injures grossières, signée Benoît. Le dimanche suivant, vers huit heures du matin, il rentra chez lui sur un brancard, avec dix centimètres de fer dans le corps. Il s'était battu, et l'épée du comte s'était brisée dans la blessure. Éliane, qui dormait encore, arriva juste à temps pour recevoir ses excuses et ses adieux.

Si cette aventure n'avait pas fait un scandale épouvantable, la province ne serait pas la province. Les hobereaux du voisinage témoignèrent une exaspération comique: ils auraient voulu reprendre à la fausse marquise les visites qu'ils lui avaient faites. La veuve n'entendit pas le bruit qui se faisait autour d'elle: elle pleurait. Ce n'est pas qu'elle regrettât rien de M. Benoît, dont les défauts, petits et grands, l'avaient à jamais corrigée du mariage; mais elle déplorait sa confiance trompée, ses espérances perdues, son horizon rétréci, son ambition condamnée à l'impuissance. Si vous voulez vous peindre l'état de son âme, figurez-vous un fakir à qui l'on signifie qu'il ne verra jamais Wichnou. Du fond de sa retraite, elle lançait sur le faubourg Saint-Germain des regards d'Ève chassée du paradis terrestre.

Un matin qu'elle pleurait sous un berceau de clématites en fleur (c'était dans l'été de), sa fille passa en courant auprès d'elle. Elle arrêta l'enfant par sa robe et la baisa cinq ou six fois, en se reprochant de songer moins à sa fille qu'à ses chagrins. Lorsqu'elle l'eut bien embrassée, elle la regarda en face et fut satisfaite de l'examen. À quatre ans et demi, la petite Lucile annonçait une beauté fine et aristocratique. Ses traits étaient charmants; les attaches des pieds et des mains, exquises. Éliane eut beau fouiller dans sa mémoire, elle ne se souvint pas d'avoir vu jouer aux Tuileries un seul enfant d'un type aussi distingué. Elle donna un dernier baiser à la petite, qui prit sa volée. Puis elle s'essuya les yeux, et depuis elle ne pleura plus.

«Mais où donc avais-je la tête? murmura-t-elle en reprenant son plus heureux sourire. Tout n'est pas perdu; tout peut s'arranger; tout est arrangé; c'est bien; c'est pour le mieux! J'entrerai; c'est une affaire de patience; il faut du temps, mais ces portes orgueilleuses s'ouvriront devant moi. Je ne serai pas marquise, non; j'ai été assez mariée, et l'on ne m'y reprendra plus. La marquise, la voilà qui piétine dans les fraises. Je lui choisirai un marquis, un bon: il faut bien que mon expérience serve à quelque chose. Je serai la vraie mère d'une vraie marquise! Elle sera reçue partout, et moi aussi; fêtée partout, et moi aussi; elle dansera avec des ducs, et moi... je la regarderai danser, à moins que ces messieurs de ne fassent une loi de laisser les mamans au vestiaire!»

Dès cet instant, son unique préoccupation fut de préparer sa fille au rôle de marquise. Elle l'habilla comme une poupée, lui enseigna les diverses grimaces dont se composent les grandes manières et lui apprit la révérence, tandis que sa gouvernante lui apprenait l'alphabet. Malheureusement, la petite Lucile n'était pas née dans la rue du Bac. Elle s'éveillait au chant des oiseaux et non au roulement des carrosses, et elle voyait plus de villageois en blouse que de laquais en livrée. Elle n'écouta pas mieux les leçons d'aristocratie que lui donnait sa mère, que sa mère n'avait écouté les diatribes de M. Lopinot contre les marquis. L'esprit des enfants est formé par tout ce qui les entoure; ils ont l'oreille ouverte à cent précepteurs à la fois; les bruits de la campagne et les bruits de la rue leur parlent bien plus haut que le pédant le plus intraitable ou le père le plus rigoureux. Mme Benoît eut beau prêcher: les premiers plaisirs de la jeune marquise furent de se battre avec les fillettes du village, de se rouler dans le sable en robe neuve, de voler des œufs tout chauds dans le poulailler, et de se faire traîner par un gros chien écossais qu'elle tirait par la queue. À la voir jouer au jardin, un observateur attentif eût deviné le sang du bonhomme Morel et du père Lopinot. Sa mère se lamentait de ne trouver en elle ni orgueil, ni vanité, ni le plus simple mouvement de coquetterie. Elle guettait avec une impatience fiévreuse le jour où Lucile mépriserait quelqu'un, mais Lucile ouvrait son cœur et ses bras à toutes les bonnes gens qui l'entouraient, depuis Margot la vachère jusqu'au plus noir des ouvriers de la forge. Lorsqu'elle se fit grandelette, ses goûts changèrent un peu, mais ce ne fut pas dans le sens que sa mère désirait. Elle s'intéressa au jardin, au verger, au troupeau, à la basse-cour, à l'usine, au ménage, et même (pourquoi ne le dirait-on pas?) à la cuisine. Elle eut l'œil au fruitier, elle étudia l'art de faire des confitures, elle s'inquiéta de la pâtisserie. Chose étrange! les gens de la maison, au lieu de s'impatienter de sa surveillance, lui en savaient le meilleur gré du monde. Ils comprenaient, mieux que Mme Benoît, combien il est beau qu'une femme apprenne de bonne heure l'ordre, le soin, une sage et libérale économie, et ces talents obscurs qui font le charme d'une maison et la joie des hôtes auxquels elle ouvre sa porte.

Les leçons de Mme Benoît avaient porté d'étranges fruits. Cependant elles ne furent pas tout à fait perdues. L'institutrice était sévère par amour de sa fille, impatiente par amour du marquisat, et colère par tempérament. Elle perdit si souvent patience que Lucile prit peur de sa mère. La pauvre enfant s'entendait répéter tous les jours: «Vous ne savez rien de rien, vous n'entendez rien à rien, vous êtes bien heureuse de m'avoir!» Elle se persuada naïvement qu'elle était bien heureuse d'avoir Mme Benoît. Elle se crut, de bonne foi, niaise et incapable; et, au lieu de s'en désoler, elle satisfit tous ses goûts, s'abandonna à tous ses penchants, fut heureuse, aimée et charmante.

Mme Benoît était si pressée de jouir de la vie et du faubourg, qu'elle aurait marié sa fille à quinze ans si elle l'avait pu. Mais Lucile à quinze ans n'était encore qu'une petite fille. L'âge ingrat se prolongea pour elle au delà des limites ordinaires. Il est à remarquer que les enfants des villages sont moins précoces que ceux des villes: c'est sans doute par la même raison qui fait que les fleurs des champs retardent sur celles des jardins. À seize ans, Lucile commença de prendre figure. Elle était encore un peu maigre, un peu rubiconde, un peu gauche; toutefois sa gaucherie, sa maigreur et ses bras rouges n'étaient pas des épouvantails à effaroucher l'amour. Elle ressemblait à ces chastes statues que les sculpteurs allemands de la Renaissance taillaient dans la pierre des cathédrales; mais aucun fanatique de l'art grec n'eût dédaigné de jouer auprès d'elle le rôle de Pygmalion.

Sa mère lui dit un beau matin en fermant cinq on six malles: «Je vais à Paris chercher un marquis que vous épouserez.

—Oui, maman,» répondit-elle sans objection. Elle savait depuis des années qu'elle devait épouser un marquis. Un seul souci la préoccupait, sans qu'elle eût jamais osé s'en ouvrir à personne. Dans le salon d'une amie de sa mère, Mme Mélier, en feuilletant un album de costumes, elle avait vu une gravure coloriée représentant un marquis. C'était un petit vieillard vêtu d'un costume du temps de Louis XV, culotte courte, souliers à boucles d'or, épée à poignée d'acier, chapeau à plumes, habit à paillettes. Cette image était si bien logée dans un des casiers de sa mémoire, qu'elle se présentait au seul nom de marquis, et que la pauvre enfant ne pouvait se persuader qu'il y eût d'autres marquis sur la terre. Elle les croyait tous dessinés d'après le même modèle, et elle se demandait avec effroi comment elle pourrait s'empêcher de rire en donnant la main à son mari.

Tandis qu'elle s'abandonnait à ces terreurs innocentes, Mme Benoît se mettait en quête d'un marquis. Elle eut bientôt trouvé. Parmi les débiteurs de son père avec lesquels elle avait conservé des relations, le plus aimable était le vieux baron de Subressac. Non seulement il y était toujours pour elle, mais il lui faisait même l'honneur de venir déjeuner chez elle, en tête-à-tête. Ces familiarités n'étaient pas compromettantes, d'un homme de soixante-quinze ans. Elle lui demanda un jour, entre les deux derniers verres d'une bouteille de vin de Tokay:

«Monsieur le baron, vous occupez-vous quelquefois de mariages?

—Jamais, charmante, depuis qu'il y a des maisons pour cela.»

Le baron l'appelait paternellement charmante.

«Mais, reprit-elle sans se déferrer, s'il s'agissait de rendre service à deux de vos amis?

—Si vous étiez un des deux, madame, je ferais tout ce que vous me commanderiez.

—Vous êtes au cœur de la question. Je connais une enfant de seize ans, jolie, bien élevée, qui n'a jamais été en pension, un ange! Mais, au fait, je ne vois pas pourquoi je vous ferais des mystères: c'est ma fille. Elle a pour dot, premièrement l'hôtel que voici: je n'en parle que pour mémoire; plus une forêt de quatre cents hectares; plus une forge qui marche toute seule et qui rapporte cent cinquante mille francs dans les plus mauvaises années. Là-dessus elle devra me servir une rente de cinquante mille francs, qui, jointe à quelques petites choses que j'ai, me suffira pour vivre. Nous disons donc: un hôtel, une forêt et cent mille francs de rente.

—C'est fort joli.

—Attendez! Pour des raisons très délicates et qu'il ne m'est pas permis de divulguer, il faut que ma fille épouse un marquis; on ne demande pas d'argent; on sera très coulant sur l'âge, l'esprit, la figure, et tous les avantages extérieurs; ce qu'on veut, c'est un marquis avéré, de bonne souche, bien apparenté, connu de tout le faubourg, et qui puisse se présenter fièrement partout, avec sa femme et sa famille. Connaissez-vous, monsieur le baron, un marquis que vous aimiez assez pour lui souhaiter une jolie femme et cent mille livres de rente?

—Ma foi! charmante, je n'en trouverais pas deux, mais j'en connais un. Si votre fille l'accepte, elle épousera un homme que j'aime comme mon fils. Mais je vous donne beaucoup mieux que vous ne demandez.

—Vrai?

—D'abord, il est jeune: vingt-huit ans.

—C'est un détail, passons.

—Il est très beau.

—Vanité des vanités!

—Votre fille n'en dira pas autant. Il est plein d'esprit.

—Denrée inutile en ménage.

—Une instruction sérieuse: ancien élève de l'École polytechnique!

—Soit.

—De plus il a fait des études spéciales qui ne vous seront pas...

—C'est fort bien; mais le solide, monsieur le baron!

—Ah! quant à la fortune, il répond trop exactement au programme. Ruiné de fond en comble. Il a donné sa démission en sortant de l'École, parce que...

—Je le lui pardonne, monsieur le baron.

—La dernière fois qu'il est venu me voir, le pauvre garçon pensait à chercher une place.

—Sa place est toute trouvée; mais dites-moi, cher baron, il est bien noble?

—Comme Charlemagne. Voilà donc ce que vous appelez le solide!

—Sans doute.

—Un de ses ancêtres a failli devenir roi d'Antioche en .

—Et sa parenté?

—Tout le faubourg.

—Un nom connu?

—Comme Henri IV. C'est le marquis d'Outreville. Vous devez connaître cela...

—Il me semble. Outreville!... c'est un joli nom. On mettra une plaque de marbre au-dessus de la porte cochère: Hôtel d'Outreville. Mais va-t-il vouloir de ma fille? une mésalliance!

—Eh! charmante, un homme ne se mésallie pas. Je comprends qu'une fille qui s'appelle Mlle de Noailles ou Mlle de Choiseul répugne à changer de nom pour s'appeler Mme Mignolet. Mais un homme garde son nom, donc il ne perd rien. D'ailleurs, Gaston n'a pas les préjugés de sa caste. Je le verrai en sortant d'ici, et demain au plus tard je vous donnerai de ses nouvelles.

—Faites mieux, mon excellent baron: s'il est bien disposé, venez demain, sans façon, dîner avec lui. A-t-il des papiers de famille? un arbre généalogique?

—Sans doute.

—Tâchez donc qu'il les apporte!

—Y songez-vous, charmante? C'est moi qui viendrai un de ces jours vous déchiffrer tout ce grimoire. À bientôt!»

Le baron s'achemina à petits pas vers le nᵒ de la rue Saint-Benoît. C'était une maison bourgeoise dont la principale locataire avait meublé quelques chambres pour loger les étudiants. Il monta au second étage et frappa à une petite porte numérotée. Le marquis, en veste de travail, vint lui ouvrir. C'était en effet un beau jeune homme et un mari fort désirable. Il était un peu grand, mais d'une taille si bien prise que personne ne songeait à lui reprocher quelques centimètres de trop. Ses pieds et ses mains attestaient que ses ancêtres avaient vécu sans rien faire pendant plusieurs siècles. Sa tête était magnifique: un front haut, large et couronné de cheveux noirs qui se rejetaient spontanément en arrière; des yeux bleus d'une grande douceur, mais profondément enfoncées sous des sourcils puissants; un nez fièrement arqué dont les ailes fines frémissaient à la moindre émotion, une bouche un peu large et des dents charmantes: une moustache noire, épaisse et brillante, qui encadrait de belles lèvres rouges sans les cacher; un teint à la fois brun et rose, couleur de travail et de santé. Le baron fit cet inventaire d'un coup d'œil rapide, en serrant la main de Gaston, et il murmura en lui-même: «Si la petite n'est pas contente du présent que je lui fais!...»

La figure du jeune marquis était ouverte, mais non pas épanouie. En l'examinant avec attention, on y aurait vu je ne sais quoi de mobile et d'inquiet, l'agitation perpétuelle d'un désir inassouvi, la tyrannie d'une idée dominante. Peut-être même, en poussant plus avant, y eût-on reconnu le sceau de prédestination qui marque le visage de tous les inventeurs. Gaston avait quitté son ouvrage pour ouvrir à son vieil ami. Il était occupé à laver à l'encre de Chine une grande planche de dessins au bas desquels on lisait: Plan, coupe et élévation d'un haut fourneau économique. Sa table était encombrée de dessins et de mémoires dont les titres, à demi cachés les uns par les autres, étaient de nature à piquer la curiosité des plus indifférents. On y voyait, ou plutôt on y devinait les suscriptions suivantes: D'un nouvel acier plus fusible.—Nouveau système de hauts fourneaux.—Accidents les plus fréquents dans les mines, et moyen de les prévenir.—Moyen de couler d'une seule pièce les roues des...—Emploi rationnel du combustible dans...—Nouveau soufflet à vapeur pour les forges... Lorsqu'on avait jeté les yeux sur cette table, on ne voyait plus qu'elle dans la chambre. Le petit lit de pensionnaire, les six chaises de damas de laine, le fauteuil de velours d'Utrecht, la petite bibliothèque surchargée de livres, la pendule arrêtée, les deux vases de fleurs artificielles sous leurs globes, les portraits encadrés de La Fayette et du général Foy, les rideaux rouges à liteaux jaunes, tout disparaissait devant ce monceau de labeurs et d'espérances.

«Mon enfant, dit le baron au marquis, il y a huit grands jours que je ne vous ai vu: où en sont vos affaires?

—Bonne nouvelle, monsieur: j'ai une place. J'avais fait mettre, il y a quelques jours, une note dans les journaux. Un de mes anciens camarades d'école qui dirige les mines de Poullaouen, dans le Finistère, a deviné mon nom sous les initiales: il a parlé de moi aux administrateurs, et l'on m'offre une place de francs, à prendre au er mai. Il était temps! j'entamais mon dernier billet de cent francs. Je partirai dans cinq jours pour la Bretagne. Poullaouen est un triste pays, où il pleut dix mois de l'année, et vous savez si j'aime le soleil. Mais je pourrai continuer mes études, pratiquer quelques-unes de mes théories, faire mes expériences sur une grande échelle: c'est tout un avenir!

—Voyez comme je tombe mal! Je venais vous proposer autre chose.

—Dites toujours: je n'ai pas encore répondu.

—Voulez-vous vous marier?»

Le marquis fit une moue parfaitement sincère. «Vous êtes bien bon de vous occuper de moi, dit-il au vieillard en lui serrant les deux mains; mais je n'ai jamais songé à ces choses-là. Je n'ai pas le temps; vous savez mes travaux; j'ai encore un million de choses à trouver; la science est jalouse.

—Ta, ta, ta! reprit le baron en riant. Comment! vous avez vingt-huit ans, vous vivez ici comme un chartreux; je viens vous offrir une fille sage, jolie, bien élevée, un ange de seize ans; et voilà comme vous me recevez!»

Un éclair de jeunesse s'alluma au fond des beaux yeux de Gaston, mais ce fut l'affaire d'un instant. «Merci mille fois, répondit-il, mais je n'ai pas le temps. Le mariage m'imposerait des devoirs contraires à mes goûts, des occupations insupportables...

—Il ne vous imposerait rien du tout. Votre futur beau-père est mort depuis plus de quinze ans; la famille se compose d'une belle-mère, excellente bourgeoise malgré ses prétentions. Pour vous donner une idée de ses manières, je vous dirai qu'elle m'a chargé de vous mener demain dîner chez elle, si ce mariage ne vous déplaît pas. Vous voyez qu'on ne fait pas de cérémonie!
—Merci, monsieur, mais j'ai Poullaouen dans la tête.
—Quel homme! on vous assure par contrat la propriété d'un hôtel rue Saint-Dominique, d'une forêt de quatre cents hectares en Lorraine, et de cent mille livres de rente. Vous en donnera-t-on autant à Poullaouen?
—Non, mais j'y serai dans mon élément. Proposeriez-vous à un poisson cent mille francs de rente pour vivre hors de l'eau?
—Eh bien! n'en parlons plus. Je voulais vous dire cela en passant. Maintenant j'ai quelques visites à faire; au revoir. Vous ne partirez pas sans me dire adieu?»

Le baron s'avança jusqu'à la porte en souriant malicieusement. Au moment de sortir, il se retourna et dit à Gaston:

«À propos, les cent mille francs de rente sont le revenu d'une forge magnifique.»

Gaston l'arrêta sur le seuil: «Une forge! J'épouse! Voulez-vous me permettre d'aller vous prendre demain pour dîner chez ma belle-mère?

—Non, non. Épousez Poullaouen!

—Mon vieil ami!

—Eh bien, soit. À demain.»

II

Après le départ du baron, Gaston d'Outreville se jeta dans le fauteuil, plongea sa tête dans ses deux mains, et réfléchit si longuement que son encre de Chine eut le temps de sécher. «À quel propos, se demandait-il, une bourgeoise vient-elle m'offrir sa fille et cent mille francs de rente?» Je connais bon nombre de jeunes gens qui, à sa place, eussent été moins embarrassés. Ils auraient eu bientôt fait de construire un roman d'amour pour expliquer tout le mystère. Mais Gaston manquait de fatuité, comme Lucile de coquetterie. La seule idée qui lui vint fut que Mme Benoît voulait pour gendre un forgeron bien élevé. «Elle a entendu parler de moi, pensa-t-il; on lui aura dit un mot de mes recherches et de mes découvertes; j'étais assez répandu dans le faubourg, du temps que je ne connaissais pas encore la sottise et la vanité des relations du monde. Il est évident que cette usine a besoin d'un homme: une mère et sa fille additionnées ensemble ne font pas un maître de forges. Qui sait si les travaux ne sont pas en souffrance, si l'entreprise n'est pas en péril? Eh bien, morbleu! nous la sauverons. Outreville à la rescousse! Comme disaient nos aïeux, ces artisans héroïques qui forgeaient leurs épées eux-mêmes.» Là-dessus, il refit de l'encre de Chine et termina consciencieusement son lavis.

Le lendemain, il se promena à grands pas dans le jardin du Luxembourg, jusqu'à l'heure du déjeuner.

Après midi, il s'enferma dans un cabinet de lecture, où il feuilleta successivement tous les journaux du jour et toutes les revues du mois; depuis longtemps il n'avait fait pareille débauche. «Il est heureux, pensait-il, qu'on ne se marie pas souvent: on ne travaillerait guère.» À cinq heures, il se mit à sa toilette, qui fut longue: il s'attendait à dîner avec sa future. Six heures et demie sonnaient lorsqu'il entra chez le baron. Il espérait savoir de son vieil ami comment Mme Benoît avait pris la fantaisie de le choisir pour gendre: mais le baron fut mystérieux comme un oracle. Il respectait trop son orgueil pour lui conter la vérité. En arrivant au petit hôtel de la rue Saint-Dominique, ils aperçurent deux ouvriers juchés sur une double échelle et occupés à mesurer quelque chose au-dessus de la porte cochère.

«Devinez, dit le baron, ce que ces braves gens font là-haut! ils prennent la mesure d'une plaque de marbre sur laquelle on écrira: Hôtel d'Outreville.

—Bonne plaisanterie! répondit Gaston en franchissant le seuil de la porte.

—Vous ne me croyez pas? Revenez un peu par ici. Holà! monsieur Renaudot; n'est-ce pas vous que je vois?

—Oui, monsieur le baron, dit le marbrier, qui descendit aussitôt.

—Dans combien de temps pensez-vous pouvoir poser la plaque?

—Mais pas avant un mois, monsieur le baron, à cause des armes qu'il faut sculpter au-dessus.

—Comment! vous n'avez demandé que quinze jours au marquis de Croix-Maugars?

—Ah! monsieur le baron, les armes d'Outreville sont bien plus compliquées.

—C'est juste. Bonsoir, monsieur Renaudot. Hé bien, sceptique?

—Ça, mon vieil ami, à travers quel conte de fées me promenez-vous?

—Cela tient du Chat botté puisqu'il y a un marquis...

—Bien obligé!

—Et de la Belle au bois dormant, puisque la future marquise, qui ne vous a jamais vu, dort innocemment sur les deux oreilles au fond de votre forêt d'Arlange, en attendant que le fils du roi vienne la réveiller.

—Comment! elle n'est pas ici?

—Nous lui ferons savoir que vous l'avez regrettée.»

Mme Benoît accueillit ses hôtes à bras ouverts. Avertie à temps du succès de l'affaire, elle avait commandé un dîner d'archevêque. On perdit peu de temps en présentations: les connaissances se font mieux à table. La conversation s'engagea assez plaisamment entre la belle-mère et le gendre. Gaston parlait Arlange, Mme Benoît répondait faubourg: elle se lançait dans les questions de noblesse, il faisait un détour et revenait aux forges, chacun suivant obstinément son idée favorite. Cette lutte obstinée n'éclaira personne, pas même l'excellent baron, qui se livrait au seul plaisir de son âge, et faisait honneur au dîner plus qu'à la conversation.

Mme Benoît ne devina point la passion de son gendre, et Gaston ne soupçonna pas la manie de sa belle-mère. Il se disait: «De deux choses l'une: ou Mme Benoît évite par vanité bourgeoise de parler du sujet qui l'intéresse le plus: ou elle craint d'ennuyer le baron, qui ne nous écoute pas.» Mme Benoît pensait au même moment: «Le pauvre garçon croit faire acte de politesse en me parlant des choses que je connais; il ne sait pas que je connais le faubourg aussi bien que lui.» De guerre las, Gaston abandonna la question des fers et l'industrie métallurgique, et Mme Benoît put l'interroger sur tout ce qu'elle voulut. Elle savait par cœur le grand-livre du magasin de son père, ce prosaïque livre d'or de la noblesse parisienne, et elle n'ignorait aucun des noms que d'Hozier aurait reconnus. Pour s'assurer que Gaston était en mesure de la conduire partout, elle lui fit subir, sans qu'il s'en doutât, un examen dont il se tira naïvement à son honneur. Elle se réjouit dans les profondeurs de son ambition en apprenant que Gaston avait dîné ici, qu'il avait dansé là; qu'on le tutoyait dans telle maison, qu'on le grondait dans telle autre; qu'il avait joué à dix ans avec tel duc et galopé à vingt ans avec tel prince. Elle inscrivit dans sa mémoire sur des tables de pierre et d'airain toutes les parentes proches ou lointaines de son gendre. Si elle en avait oublié une seule, elle aurait cru manquer à sa propre famille.

Après le café, on fit un tour de jardin: la nuit était magnifique et le ciel illuminé comme pour une fête. Mme Benoît montra au marquis les propriétés voisines.

«Ici, dit-elle, nous avons le comte de Preux, le connaissez-vous?

—Il est mon oncle à la mode de Bretagne.»

La glorieuse bourgeoise inscrivit triomphalement ce parent inespéré. «Là, poursuivit-elle, c'est la maréchale de Lens. Ce serait une rencontre curieuse qu'elle fût aussi de la famille.

—Non, madame, mais elle était la marraine d'un frère que j'ai perdu.

—Bon! pensa Mme Benoît. Si le gros intendant est encore de ce monde, nous verrons à le faire chasser. C'est un trésor qu'un pareil gendre!»

Si Gaston s'était avisé de dire: «Sautons par-dessus le mur et allons surprendre la maréchale,» Mme Benoît aurait sauté.

Mais le baron, qui se couchait volontiers au sortir de table, sonna la retraite, et Gaston le suivit. Un bon coupé, au chiffre de Mme Benoît, les attendait à la porte.

«Mon cher enfant, dit le baron dès que la portière fut fermée, j'ai prodigieusement dîné; et vous? Mais on ne dîne pas à votre âge. Comment trouvez-vous votre belle-mère?

—Je la trouve à souhait; c'est une femme vaine et creuse, qui ne se mêlera pas de la forge et qui ne viendra point contrarier mes expériences.

—Tant mieux si elle vous a plu. Quant à vous, vous avez fait sa conquête: elle me l'a dit d'un signe pendant que je lui baisais la main. Je crois que nous pouvons faire la demande en mariage.

—Déjà?

—Mais c'est ainsi que les affaires se traitent dans tous les contes de fées. Lorsque le fils du roi eut réveillé la Belle au bois dormant, il l'épousa séance tenante, sans même aller quérir la permission de ses parents.

—Quant à moi, je n'ai malheureusement besoin de la permission de personne.

—Si vous trouvez que demain soit un peu tôt, nous attendrons quelques jours. Je me tiendrai à vos ordres. À propos, il faudra que vous me prêtiez votre acte de naissance et quelques autres pièces indispensables.

—Quand vous voudrez. J'ai tous mes papiers dans une liasse; vous y prendrez ce qu'il faudra.»

La voiture s'arrêta devant la maison du baron. Gaston descendit aussi et continua sa route à pied, pour s'assurer qu'il ne rêvait pas.

Le lendemain, M. de Subressac vint prendre l'acte de naissance et emporta, comme par distraction, tous les papiers qui l'accompagnaient. Il confia le dossier à Mme Benoît, qui, par excès de précaution, le soumit aux lunettes d'un archiviste paléographe, ancien élève de l'École des chartes et conservateur adjoint à la Bibliothèque royale. L'authenticité du moindre chiffon fut reconnue et certifiée. Le baron fit alors la demande officielle, qui fut agréée par acclamation.

La radieuse veuve resta quelque temps incertaine si elle marierait sa fille à Paris ou si elle transporterait cette grande cérémonie dans la petite église d'Arlange. D'un côté, il était bien flatteur d'occuper le maître-autel de Saint-Thomas d'Aquin et de déranger la moitié du faubourg pour la messe de mariage; mais on avait une revanche à prendre, et il importait d'effacer dans le pays les dernières traces du marquisat de Kerpry. Mme Benoît se décida pour Arlange, mais avec le ferme propos de revenir bientôt à Paris. Elle écrivit à son carrossier:

Monsieur Barnes, je partirai le mai pour marier ma fille, qui épouse, comme vous savez, le marquis d'Outreville. Aussitôt mon départ, vous ferez prendre toutes mes voitures pour les remettre à neuf et peindre sur les portières les armes ci-jointes. De plus, je vous prie de me faire le plus tôt possible un carrosse dans l'ancien style, large, haut et de la forme la plus noble que vous pourrez. Le cocher et les laquais seront poudrés à blanc; réglez-vous là-dessus pour l'harmonie des couleurs.

Elle songea ensuite que ce serait sa fille qui l'introduirait dans le monde, et cette idée lui inspira une recrudescence d'amour maternel. Elle écrivit à Lucile, qu'elle n'avait pas accoutumée à beaucoup de tendresse:

Ma chère enfant, ma belle mignonne, ma Lucile adorée, j'ai trouvé le mari que je te cherchais: tu seras marquise d'Outreville! Je l'ai choisi entre mille, pour qu'il fût digne de toi: il est jeune, beau, plein d'esprit, d'une noblesse ancienne et glorieuse, et allié aux plus illustres familles de la France. Chère petite! ton bonheur est assuré et le mien aussi, puisque je ne vis que par toi. Tu viendras bientôt à Paris, tu quitteras cet affreux Arlange, où tu as vécu comme un beau papillon dans une chrysalide noire, tu seras accueillie et fêtée dans les plus grandes maisons; je te conduirai de plaisirs en plaisirs, de triomphes en triomphes: quel spectacle pour les yeux d'une mère!

Mme Benoît était légère comme une mésange: ses pieds ne posaient plus à terre: sa figure avait rajeuni de dix ans; on croyait voir une flamme autour de sa tête. Elle chantait en dansant, elle pleurait en riant, elle avait la démangeaison d'arrêter les passants pour leur conter sa joie; elle se surprenait à saluer les dames qu'elle rencontrait dans des voitures armoriées. Elle fut si tendre avec le marquis, elle l'enveloppa d'un tel réseau de petits soins et de prévenances, que Gaston, qui, depuis longtemps, n'avait été l'enfant gâté de personne, se prit d'une véritable amitié pour sa belle-mère. Il la quittait rarement, la conduisait partout, et ne s'ennuyait pas avec elle, quoiqu'elle évitât toute conversation sur les forges. L'avant-veille de son départ, Mme Benoît s'empara de lui pour la journée. Elle le mena d'abord chez Tahan, où elle choisit devant lui une grande boîte en bois de rose, longue, large et plate, et divisée à l'intérieur en compartiments inégaux.

«À quoi sert ce coffre étrange? demanda Gaston en sortant.

—Cela? c'est la corbeille de mariage de ma fille.

—Mais, madame, reprit le marquis avec la fierté du pauvre, il me semble que c'est à moi...

—Il vous semble fort mal. Mon cher marquis, lorsque vous serez le mari de Lucile, vous lui ferez autant de cadeaux qu'il vous plaira: dès le lendemain de la cérémonie, vous aurez carte blanche; mais, jusque-là, il n'appartient qu'à moi de lui donner quelque chose. Je trouve impertinent l'usage qui permet au fiancé d'une fille de lui donner pour cinquante mille francs de hardes et de bijoux avant le mariage et lorsqu'il ne lui est encore de rien. Dites, si vous voulez, que j'ai des préjugés ridicules, mais je suis trop vieille pour m'en défaire. Nous allons choisir aujourd'hui mes présents de noces: dans un mois je viendrai, si bon vous semble, vous aider à choisir les vôtres.»

Le raisonnement était facile à réfuter; mais il fut déduit d'un ton si caressant et d'une voix si maternelle, que Gaston ne trouva point de réplique. Depuis trois jours il était en pourparlers avec un usurier à propos de cette corbeille. Il se laissa conduire chez vingt marchands et choisit des étoffes, des châles, des dentelles et des bijoux. Point de diamants: Mme Benoît partageait les siens avec sa fille.

La belle-mère prit congé de son gendre le mai en lui donnant rendez-vous pour le . Elle se chargeait de faire faire la première publication à l'église et à la mairie, tandis que Gaston poussait l'épée dans les reins à son chemisier et à son tailleur. Dans la confusion inséparable d'un départ, elle emballa par mégarde tous les papiers de la maison d'Outreville.

La première idée de Lucile, en revoyant Mme Benoît, fut qu'on lui avait changé sa mère à Paris. Jamais la jolie veuve n'avait été si indulgente. Tout ce que Lucile faisait était bien fait, tout ce qu'elle disait était bien dit; elle se conduisait comme un ange et parlait d'or. Jamais la tendre mère ne pourrait se séparer d'une fille si accomplie; elle la suivrait partout, elle ne la quitterait qu'à la mort. Elle lui disait, comme dans l'histoire de Ruth: «Ton pays sera mon pays.» Lucile ouvrit son cœur à cette nouvelle mère, et apprit avec une vive satisfaction qu'il y avait beaucoup de marquis jeunes, bien faits, et qui ne portaient point d'habits à paillettes.

Le lendemain de l'arrivée de Mme Benoît, son amie, Mme Mélier, vint lui annoncer le prochain mariage de sa fille Céline avec M. Jordy, raffineur à Paris. M. Jordy était un jeune homme fort riche, et Mme Mélier ne dissimulait pas sa joie d'avoir si bien établi sa fille. Mme Benoît riposta vivement par l'annonce du prochain mariage de Lucile avec le marquis d'Outreville. On se félicita de part et d'autre, et l'on s'embrassa à plusieurs reprises. Quand Mme Mélier fut partie, Lucile, qui était liée depuis l'enfance avec la future Mme Jordy, s'écria: «Quel bonheur! si je vais à Paris, je serai tout près de Céline; elle viendra chez moi; j'irai chez elle; nous nous verrons tous les jours.

—Oui, mon enfant, répondit Mme Benoît, tu iras chez elle dans ton grand carrosse blasonné, avec tes laquais poudrés à blanc; mais quant à la recevoir chez toi, c'est autre chose. On se doit à son monde et l'on est un peu esclave de la société où l'on vit. Lorsqu'une duchesse viendra dans ton salon, il ne faut pas qu'elle s'y frotte à la femme d'un raffineur, d'un homme qui vend des pains de sucre!... Ce n'est pas une raison pour faire la moue. Voyons! tu recevras Céline le matin, avant midi.

—Dieu! quel sot pays que ce Paris! j'aime mieux rester dans mon pauvre Arlange, où l'on peut voir ses amis à toute heure de la journée.»

Mme Benoît répliqua sentencieusement: «La femme doit suivre son mari.»

Le grand événement qui se préparait à Arlange fut bientôt connu dans tous les environs. Mme Mélier était en tournée de visites, et, puisqu'elle annonçait un mariage, il n'en coûtait pas plus pour en annoncer deux. Dans chacune des maisons où elle s'arrêta, elle répétait une phrase toute faite qu'elle avait arrangée en sortant de chez Mme Benoît: «Madame, je connais trop l'intérêt que vous portez à toute notre famille pour n'avoir pas voulu vous annoncer moi-même le mariage de ma chère Céline. Elle épouse, non pas un marquis, comme Mlle Lucile Benoît, mais un bel et bon manufacturier, M. Jordy, qui est, à trente-trois ans, un des plus riches raffineurs de Paris.»

Mme Mélier avait de bons chevaux; sa voiture et les nouvelles qu'elle portait firent dix lieues avant la nuit. Le faubourg Saint-Germain du crû commença par plaindre la pauvre Lucile et par faire des gorges chaudes de Mme Benoît, qui avait trouvé pour sa fille un second marquis de Kerpry. Mme Benoît apprit sans sourciller tout ce qu'on disait d'elle. Elle prit les papiers de la famille d'Outreville et se fit conduire chez une vieille baronne fort médisante et fort influente, Mme de Sommerfogel.

«Madame la baronne, lui dit-elle du ton le plus respectueux, quoique je n'aie eu l'honneur de vous recevoir que deux ou trois fois, il ne m'en a pas fallu davantage pour apprécier l'infaillibilité de votre jugement, votre connaissance approfondie des choses du grand monde, et toutes les hautes qualités d'observation et d'expérience qui sont en vous. Vous savez comment j'ai eu le malheur d'être trompée par un larron de noblesse qui avait dérobé, je ne sais où, un nom honorable. Aujourd'hui, il se présente pour ma fille un parti magnifique en apparence, le marquis d'Outreville. J'ai entre les mains son arbre généalogique et tous les parchemins de sa famille, jusqu'à l'époque la plus reculée. Mais je ne suis qu'une pauvre bourgeoise sans discernement; on me la cruellement prouvé, et je n'ose plus penser par moi-même. Voulez-vous permettre, madame la baronne, que je vous soumette toutes les pièces qu'on m'a confiées, pour que vous en jugiez sans appel et en dernier ressort?»

Ce petit discours n'était pas malhabile; il flattait la vanité de la baronne et piquait sa curiosité. Mme de Sommerfogel fit bon accueil à la belle veuve, et accepta avec une satisfaction visible la tâche importante qu'on lui confiait. Le jour même, elle convoqua le ban et l'arrière-ban de la noblesse des environs, et les papiers de Gaston passèrent sous les yeux de vingt ou trente gentilshommes campagnards: c'est ce qu'avait espéré Mme Benoît. Cette liasse vénérable, d'où s'exhalait une franche odeur de noblesse, fit une impression profonde sur tous les hobereaux qui purent en approcher leur odorat. Les plus hostiles à la maîtresse des forges se retournèrent brusquement vers elle. Ce fut un concert de louanges, où Mme de Sommerfogel remplissait les fonctions de chef d'orchestre.

«Cette pauvre Mme Benoît aura de quoi se consoler, et j'en suis bien aise; c'est une femme méritante.

—Ce Benoît, qui l'a trompée, était un bélître. Si nous l'avions connue en ce temps-là, nous l'aurions mise sur ses gardes.

—Après tout, que peut-on lui reprocher? d'avoir voulu entrer dans la noblesse? Cela prouve qu'aux yeux des bourgeois éclairés la noblesse est encore quelque chose.

—Mme Benoît n'est pas sotte.

—Ni laide. Je ne sais quel secret elle a trouvé pour rajeunir.

—Quant à sa fille, c'est un petit ange.

—Il y a bien longtemps que je ne l'ai aperçue, en . Elle promettait déjà.

—Désormais nous la verrons souvent: la voilà des nôtres!

—Elle en était déjà par son éducation. Je tiens de bonne part que sa mère a toujours voulu en faire une marquise.

—Sa mère sera des nôtres aussi; une fille ne va pas sans sa mère.

—Le marquis arrive incessamment; c'est un appoint considérable pour l'aristocratie du canton.

—On le dit fabuleusement riche.

—Ils feront une bonne maison.

—Ils donneront des fêtes.

—Nous serons de noces.»

Le lendemain, le salon de Mme Benoît fut envahi par une horde d'amis intimes qu'elle n'avait pas vus depuis douze ans.

Le marquis arriva le mai pour l'heure du dîner. Après avoir cherché et trouvé un millier de francs, qui ne lui coûtèrent pas plus de soixante louis, il avait fait ses malles, embrassé le baron, et pris modestement la voiture de Nancy. À Nancy, il s'embarqua dans la diligence de Dieuze; à Dieuze, il se procura un cabriolet et un cheval de poste qui le conduisirent à Arlange. C'est l'affaire d'une heure quand les chemins sont beaux. En approchant du village, il se sentit au côté gauche quelque chose qui ressemblait fort à une palpitation. Je dois dire, à la honte du savant et à la louange de l'homme, qu'il ne pensait pas à la forge, mais à Lucile.

Une illustre Anglaise, que le cant ne gênait pas beaucoup, lady Montague, s'étonnait que l'Apollon du Belvédère et je ne sais quelle Vénus antique passent tester en présence dans le musée sans tomber dans les bras l'un de l'autre. Il s'en fallut assez peu que ce petit scandale ne se produisit à la première rencontre de Lucile et de Gaston. Ces jeunes êtres, qui ne s'étaient jamais vus, sentirent au même instant qu'ils étaient nés l'un pour l'autre. Dès le premier coup d'œil ils furent amants; dès les premiers mots ils furent amis: la jeunesse attirait la jeunesse, et la beauté la beauté. Il n'y eut entre eux ni trouble ni embarras: ils se regardaient en face, et se miraient l'un dans l'autre avec la charmante impudence de la naïveté; le cœur de Gaston était presque aussi neuf que celui de Lucile. Leur passion naquit sans mystère comme ces beaux soleils d'été qui se lèvent sans nuage. Je ne nie pas l'enivrement des passions coupables que le remords assaisonne et que le péril ennoblit; mais ce qu'il y a de plus beau en ce monde, c'est un amour légitime qui s'avance paisiblement sur une route fleurie, avec l'honneur à sa droite et la sécurité à sa gauche.

Mme Benoît était trop heureuse et trop sensée pour entraver la marche d'une passion qui la servait si bien. Elle laissa aux deux amants cette douce liberté que la campagne autorise: leurs premiers jours ne furent qu'un long tête-à-tête. Lucile fit à Gaston les honneurs de la maison, du jardin et de la forêt; ils montaient à cheval à midi, en sortant de déjeuner, et rentraient comme des enfants qui ont fait l'école buissonnière, longtemps après la cloche du dîner. Après la forêt, la forge eut son tour. Gaston avait eu le courage de n'y point mettre les pieds sans Lucile; mais lorsqu'il vit qu'elle ne méprisait pas le travail, qu'elle connaissait les ouvriers par leurs noms et qu'elle ne craignait point de tacher ses robes, ce fut un redoublement de joie. Il se livra sans contrainte à la passion de sa jeunesse; il examina les travaux, interrogea les contremaîtres, conseilla les chefs d'atelier, et enchanta Lucile qui s'émerveillait de le voir si savant et si capable. Mme Benoît, en les voyant rentrer tout poudreux, ou même un peu noircis par la fumée, disait: «Que les enfants sont heureux! tout leur sert de jouet!» Pour se délasser de leurs fatigues, ils s'asseyaient au fond du jardin sous une tonnelle de rosiers grimpants, et ils faisaient des projets. Projets de bonheur et de travail, d'amour et de retraite. Ils se promettaient de cacher leur vie au fond des bois d'Arlange comme les oiseaux font leur nid au plus fourré d'un buisson ou sur la branche la plus touffue d'un arbre. De Paris, pas un mot; pas un mot du faubourg et des vanités du monde.

Lucile ignorait qu'il y eût d'autres plaisirs; Gaston l'avait oublié.

Un beau matin, Mme Benoît leur apprit une grande nouvelle: c'était le soir qu'on signait le contrat. Le mariage était fixé au mardi er juin; on s'épouserait la veille à la mairie. Comme il n'est point de plaisirs sans peines, la signature du contrat était précédée d'un interminable dîner où l'on avait convié tous les personnages des environs.

En attendant l'arrivée des convives, Gaston et Lucile se promenèrent au jardin en chapeau de paille, l'un vêtu de coutil blanc, l'autre habillée de barège rose. En passant à portée de l'usine, Gaston fut accosté par le régisseur qui le tenait en haute estime et qui demandait volontiers ses avis. Ils entrèrent tous trois dans un des ateliers, et l'on commença devant eux une expérience intéressante. Lorsque quatre heures sonnèrent à l'horloge de la fabrique, Lucile s'échappa pour aller à sa toilette, en disant à Gaston: «Vous avez le temps de voir la fin; restez, je le veux!» Il resta et prit un si vif intérêt au spectacle, qu'il mit la main à la besogne et se salit abominablement. À cinq heures il s'enfuit, les manches retroussées et les mains noires, et il donna juste au milieu d'un groupe d'invités qui se promenaient en grands atours. Quelqu'un le reconnut et l'appela par son nom. C'était l'ingénieur des salines de Dieuze, un de ses camarades de promotion. L'École polytechnique est, comme l'aristocratie du faubourg, un peu franc-maçonne: elle se retrouve partout. Gaston sauta au cou de son ami et l'embrassa sur les deux joues en tenant ses mains en l'air de peur de le noircir. Il y avait là trois ou quatre dames nobles qui s'étonnèrent un peu de voir un marquis fait comme un ramoneur, et embrassant sur les deux joues un employé de la saline; mais elles se réconcilièrent avec lui lorsqu'il reparut dans un habit neuf, conforme au dernier numéro du Journal des tailleurs.

Il devait dîner entre Mme Benoît et la baronne de Sommerfogel; mais au moment de se mettre en route, la vieille dame avait été prise d'une migraine. Ses excuses arrivèrent pendant le potage. On enleva son couvert, et Gaston se trouva voisin de son ami l'ingénieur. Il était le centre de tous les regards; chacun des convives, et surtout les députés de la noblesse, attendaient de lui un coup d'œil gracieux et une parole aimable, comme en allant à la cour on espère un petit mot du roi. Mais ses deux passions l'absorbaient trop pour qu'il songeât à examiner la collection de grotesques qui se repaissaient autour de lui. Il n'eut d'yeux que pour Lucile, et d'oreilles que pour son voisin. Les hobereaux crurent attirer son attention en engageant une conversation demi-politique, où le ridicule des vieux préjugés s'étalaient naïvement; conversation pleine de liberté contre ce qui existait, pleine de regret pour ce qui avait été. Ces discours, dont la suave absurdité eût ressuscité un marquis du bon temps, bourdonnèrent autour des oreilles de Gaston sans arriver jusqu'à son cerveau. Dans un intervalle de silence, on l'entendit qui disait à l'ingénieur:

«Tu as un chemin de fer souterrain dans les salines: combien payez-vous les rails?

—Je crois qu'en employant certains fourneaux économiques dont je te montrerai le plan, on arriverait à vous livrer une marchandise excellente, bien au-dessous des prix anglais, à francs la tonne, peut-être à moins.

—Tu es donc toujours le même?

—Non, pire. Avez-vous quelquefois des ruptures de câbles?

—Trop souvent: nous avons perdu quatre hommes le mois passé.

—Je t'indiquerai un remède contre ces accidents-là.

—Tu as trouvé un secret pour empêcher les câbles de casser?

—Non, mais pour retenir en suspens dans les puits le fardeau qu'ils laissent tomber. J'ai pratiqué ce système pendant trois ans dans une houillère que je dirigeais à Saint-Étienne, et nous n'avons pas eu un seul accident à déplorer.»

Toute la noblesse du canton ouvrait de grandes oreilles, et Mme Benoît mourait d'envie de marcher sur le pied de son gendre. Le vicomte de Bourgaltroff s'introduisit timidement dans le dialogue.

«Monsieur le marquis possède des mines de houille dans le département de la Loire?

—Non, monsieur, répondit Gaston; j'y étais conducteur des travaux.»

Pour le coup, Mme Benoît pensa qu'on avait pris assez de dessert, et elle se leva de table. En passant au salon, les gentilshommes chuchotaient entre eux sur le marquis: «Singulier grand seigneur, qui se noircit les mains dans une forge, qui embrasse des employés, qui invente des machines, qui vend des rails à bon marché, et qui a fait le contre-maître chez un simple charbonnier de Saint-Étienne!»

Les plus indulgents, qui n'étaient pas en majorité, essayaient de le défendre:

«Après tout, disaient-ils, Louis XVI faisait des serrures.

—Louis XVIII faisait des vers latins.

—Henri III faisait la barbe de ses courtisans.

—Mais, reprenait un critique sévère, qui est-ce qui s'amuse à casser du charbon au fond d'un trou?

—Eh! monsieur, répliquait un homme indulgent, mon père a soufré des allumettes à Berlin pendant l'émigration!»

Mme Benoît devinait bien qu'on glosait sur Gaston, mais elle ne s'en tourmentait guère.

«Causez, mes bons amis, murmurait-elle entre ses dents; je vous ai forcés de reconnaître mon gendre pour un vrai marquis; vous êtes venus ici vous humilier devant moi; Benoît est oublié, je suis vengée. Je pars dans huit jours pour Paris, et lorsque je remettrai les pieds à Arlange, les plus jeunes d'entre vous auront les cheveux blancs! Quant à maître Gaston, qui est un franc original, le séjour de son hôtel et la société de ses égaux l'auront bientôt guéri de ses idées.»

Avant la signature du contrat, on apporta la corbeille qui rangea toutes les femmes du parti de Gaston. Le pauvre garçon fut assassiné de compliments dont il n'osa pas se défendre; mais il se promit d'apprendre à Lucile et dès le lendemain, que ce n'était pas lui qu'elle devait remercier.

Lorsque le notaire déroula son cahier, ce fut à qui se placerait plus près de lui, non pour connaître la dot de Lucile, qui était assez connue mais pour entendre l'énumération des terres et châteaux du marquis. La curiosité publique fut trompée: M. d'Outreville se mariait avec ses droits.

Le lendemain de cette fête, Lucile et Gaston renouèrent la chaîne de leurs plaisirs, et les derniers jours du mois passèrent comme des heures. Le mai les deux amants se marièrent à la mairie, et ni l'un ni l'autre ne trembla au moment de dire «oui.» Lorsque M. le maire, le code en main, répéta pour la centième fois de sa vie que la femme doit suivre son mari, Mme Benoît fit à sa fille un petit signe fort expressif. En rentrant au logis, la triomphante belle-mère dit au marquis en présence de Lucile:

«Mon gendre (car vous êtes mon gendre de par la loi), je vous remettrai demain le premier semestre de vos rentes.

—Un peu de patience, ma charmante mère! répondit Gaston; que voulez-vous que je fasse d'une pareille somme? L'argent, ajouta-t-il en regardant Lucile, est le dernier de mes soucis.

—Eh! ne dédaignez pas ce pauvre argent; il vous en faudra beaucoup dans quelque jours à Paris.

—À Paris! Eh! Grand Dieu! qu'irais-je y faire?

—Prendre pied, rallier vos amis et vos parents vous préparer un cercle de relations pour l'hiver et pour la vie.

—Mais, madame, je suis bien décidé à ne pas vivre à Paris. C'est une ville malsaine où toutes les femmes sont malades, où les familles s'éteignent au bout de trois générations faute d'enfants. Savez-vous que tous les cent ans Paris se changerait en désert, si la province n'avait pas la rage de le repeupler?

—C'est pour qu'il ne devienne pas désert, que nous avons résolu d'y aller au plus tôt.

—Vous ne me l'aviez pas dit, mademoiselle.»

Lucile baissa les yeux sans répondre: la présence de sa mère pesait sur elle. Mme Benoît répliqua vivement:

«Ces choses-là se devinent sans qu'on les dise. Ma fille est marquise d'Outreville; sa place est au faubourg Saint-Germain! N'est-il pas vrai, Lucile?»

Elle répondit du bout des lèvres un imperceptible oui. Ce n'est pas ainsi qu'elle avait dit oui à la mairie.

«Au faubourg! reprit Gaston, au faubourg!» Vous êtes curieuse de pénétrer au faubourg! À la suite de quelque mécompte dont personne n'a su le secret, il avait conçu contre le faubourg une haine violente. «Savez-vous, mademoiselle, ce qu'on voit au faubourg? Des jeunes filles insipides comme des fruits venus en serre; des jeunes femmes perdues de toilette et de vanité; des vieilles qui n'ont ni la raideur imposante de nos aïeules du dix-septième siècle, ni la verve et la bonne humeur des contemporaines de Louis XV; des vieillards hébétés par le whist, des jeunes gens viveurs et dévots qui embrouillent dans la conversation les noms des chevaux de course et des prédicateurs; chez les hommes en âge d'agir, une politique sans conviction, des regrets factices, des fidélités qui se mettent en étalage dans l'espoir qu'il plaira à quelqu'un de les acheter: voilà le faubourg, mademoiselle; vous le connaissez aussi bien que si vous l'aviez vu. Quoi! vous vivez au milieu d'une forêt admirable, entourée d'un petit peuple qui vous aime; je ne parle pas de moi qui vous adore; vous avez la fortune, qui permet de faire des heureux; la santé sans laquelle rien n'est bon; les joies de la famille, les amusements de l'été, les plaisirs intimes de l'hiver, et vous voulez tout abandonner pour une vie de sots compliments et d'absurdes révérences! Ce n'est pas moi qui serai le complice d'un échange aussi funeste, et si vous allez au faubourg, mademoiselle, je ne vous y conduirai pas!»

En écoutant ce discours, Mme Benoît avait la figure d'un enfant qui a construit une tour en dominos et qui voit le monument s'écrouler pierre à pierre. À peine trouva-t-elle la force de dire à Lucile:

«Répondez donc!»

Lucile tendit la main à Gaston, et dit en regardant sa mère:

«La femme doit suivre son mari.»

Pour cette fois, le marquis fut moins réservé que l'Apollon du Belvédère. Il pris Lucile dans ses bras et la baisa tendrement.

Mme Benoît employa le reste de la journée à former des plans, à donner des ordres et à combiner les moyens d'entraîner son gendre à Paris.

Le lendemain, après la messe de mariage, elle le prit à part et lui dit:

«Est-ce votre dernier mot? Vous ne voulez pas nous introduire au faubourg?»

—Mais, madame, n'avez-vous pas entendu comme Lucile y renonçait de bonne grâce?

—Et si je n'y renonçais pas, moi? Et si je vous disais que depuis trente ans (j'en ai quarante-deux) je suis travaillée de l'ambition d'y pénétrer? Si je vous apprenais que le désir de m'entendre annoncer dans les salons de la rue Saint-Dominique m'a fait épouser un marquis de contrebande qui me battait? Si j'ajoutais enfin que je ne vous ai choisi ni pour votre figure, ni pour vos talents, mais pour votre nom qui est une clef à ouvrir toutes les portes? Ah çà, croyez-vous qu'on vous donne cent mille livres de rente pour perdre votre temps à travailler?

—Pardon, madame. D'abord, au prix où sont les noms sans tache, j'ai la vanité de croire que le mien ne serait pas cher à deux millions. Mais ce n'est pas le cas, puisque vous ne m'avez rien donné. La forge et la forêt sont l'héritage de Lucile, la rente que nous devons vous servir représente les intérêts de toutes les sommes que vous avez apportées dans l'entreprise, et les deux cent mille francs que vous a coûtés l'hôtel de la rue Saint-Dominique. Ainsi je tiens tout de Lucile, et, avec elle, je ne suis pas en peine de m'acquitter.

—Mais c'est de moi que vous tenez Lucile: c'est de moi qu'elle vous tient, s'écria la pauvre femme, et vous êtes des ingrats si vous me refusez le bonheur de ma vie!

—Vous avez raison, madame: demandez-moi tout au monde, hormis une seule chose; et je n'ai rien à vous refuser. Mais j'ai juré de ne plus remettre les pieds dans le faubourg.

—Au nom du ciel, pourquoi ne me l'avez-vous pas dit?

—Vous ne me l'avez pas demandé.»

En quittant Gaston, Mme Benoît dit trois mots à sa femme de chambre et quatre à son cocher. Elle ne parla plus au marquis du premier semestre de ses rentes.

Le soir, au bal, Lucile eut un succès de beauté et de bonheur. Aucune des femmes présentes ne se souvenait d'avoir vu une mariée aussi franchement heureuse. Tous les jeunes gens envièrent le sort de Gaston, suivant l'usage; je ne me permettrai pas de dire que personne ait envié celui de Lucile. À deux heures du matin, danseurs et danseuses étaient partis, et les mariés restaient sur la brèche: Mme Benoît avait jugé convenable qu'ils fermassent le bal comme ils l'avaient ouvert. Cette tendre mère, dont le front semblait voilé d'un léger nuage, demanda la grâce de causer un quart d'heure avec sa fille, et elle la conduisit dans la chambre nuptiale, au rez-de-chaussée, tandis que Gaston, qui avait à secouer la poussière du bal, retourna pour la dernière fois à son petit appartement du second étage. En descendant le grand escalier, il fut surprise d'entendre le bruit d'une voiture qui s'éloignait au grand trot. Il entra dans la chambre nuptiale: elle était vide. Il passa chez madame Benoît: toutes les portes étaient ouvertes et l'appartement désert. Des souliers de satin, deux robes de bal et un grand désordre de vêtements jonchaient le tapis. Il sonna: personne ne vint. Il sortit sous le vestibule et se rencontra face à face avec la physionomie rustaude du petit palefrenier Jacquet. Il le saisit par sa blouse: «Est-ce que je ne viens pas d'entendre une voiture?

—Oui, monsieur: faudrait être sourd...

—Qui est-ce qui s'en va si tard, après tout le monde?

—Mais, monsieur, c'est madame et mademoiselle dans la berline, avec le gros Pierre et Mlle Julie.

—C'est bien. Elles n'ont rien dit? Elles n'ont rien laissé pour moi?

—Pardonnez, monsieur, puisque madame a laissé une lettre.

—Où est-elle?

—Elle est ici, monsieur, sous la doublure de ma casquette.

—Donne donc, animal!

—C'est que je l'ai fourrée tout au fond, voyez-vous, crainte de la perdre. La voilà!»

Gaston courut sous la lanterne du vestibule, et lut le billet suivant: «Mon cher marquis, dans l'espérance que l'amour et l'intérêt bien entendu sauront vous arracher à ce cher Arlange, je transporte à Paris votre femme et votre argent: venez les prendre!»

III

Gaston froissa le billet de Mme Benoît et l'enfonça dans sa poche. Puis il se retourna vers Jacquet, qui le regardait niaisement en roulant sa casquette entre ses mains: «Madame la marquise ne t'a rien dit?

—Mademoiselle? Non, monsieur, elle ne m'a pas seulement regardé.

—Y a-t-il un chemin de traverse pour aller à Dieuze?

—Oui, monsieur.

—Il abrège?

—D'un bon quart d'heure.

—Selle-moi Forward et Indiana. Attends! je vais t'aider. Tu me montreras le chemin. Un louis pour toi si nous arrivons avant la voiture.»

Une demi-heure après, Jacquet en blouse et le marquis en habit de noce s'arrêtaient devant la poste de Dieuze. Jacquet réveilla un garçon d'écurie et s'informa si l'on avait demandé des chevaux dans la nuit. La réponse fut bonne: aucun voyageur ne s'était montré depuis la veille.

«Tiens, dit le marquis à Jacquet, voici les vingt francs que je t'ai promis.

—Monsieur, reprit timidement le petit palefrenier, les louis ne sont donc plus de vingt-quatre francs?

—Il y a longtemps, nigaud.

—C'est mon grand-père qui m'avait toujours dit cela. De son temps, deux louis et quarante sous faisaient cinquante livres.»

Gaston ne répondit rien: il avait l'oreille tendue vers Arlange. Jacquet poursuivit en se parlant à lui-même: «Comment se fait-il que de si belles pièces d'or soient tombées à ce prix-là?

—Écoute! dit le marquis; n'entends-tu pas une voiture?

—Non, monsieur. Ah! c'est bien malheureux!
—Quoi?

—Que les louis d'or soient tombés à vingt francs.

—Prends, animal; en voici un autre, et tais-toi.»

Jacquet se tut par obéissance; il se contenta de dire entre ses dents: «C'est égal; si les louis étaient encore à vingt quatre francs, deux louis que voici, et quarante sous que madame m'a donnés, me feraient juste cinquante livres. Mais les temps sont durs, comme disait mon grand-père.»

Gaston attendit une grande heure sans descendre de cheval. À la fin, il craignit qu'un accident ne fût arrivé à la voiture. Jacquet le rassura: «Monsieur, lui dit-il, il est peut-être bien possible que ces dames aient gagné la route royale sans passer par Dieuze.

—Courons, dit le marquis.

—Ce n'est pas la peine, allez, monsieur: elles ont tout près de deux heures d'avance.

—Eh bien! ramène-moi chez nous par la route.»

La maison restait telle que Gaston l'avait quittée. La berline n'était pas sous la remise, et il manquait deux chevaux à l'écurie. On entendait au loin un bruit de violons aigres et de chansons discordantes: c'est les ouvriers et les paysans qui dansaient en plein air. Gaston songea d'abord à s'assurer le silence de Jacquet et le secret de sa poursuite nocturne. Il ne trouva pas de meilleur moyen que d'envoyer son confident à Paris. «Va prendre la diligence de Nancy, lui dit-il; à Nancy, tu t'embarqueras dans la rotonde pour Paris. Tu te feras conduire à l'hôtel d'Outreville, rue Saint-Dominique, , et tu diras à Mme Benoît que j'arriverai dans deux jours. Voici de quoi payer la voiture.

—Monsieur, demanda Jacquet d'une voix insinuante, si je faisais la route à pied, est-ce que l'argent serait pour moi?»

Il reçut pour réponse un coup de pied péremptoire, qui l'éloigna d'Arlange en le rapprochant de Paris.

Gaston, rompu de fatigue, remonta au second étage et se jeta sur son lit, non pour dormir, mais pour rêver plus posément à son étrange aventure. La fuite de Lucile, au moment où il se croyait le plus sûr d'en être aimé, lui semblait inexplicable. Évidemment ce départ était prémédité: il eût été impossible de le préparer en un quart d'heure. Mais alors, toute la conduite de la jeune femme était un mensonge: le bonheur qui éclatait dans ses yeux, la douce pression de sa main au milieu des tourbillons de la valse, les délicieuses paroles qu'elle avait murmurées une heure auparavant à l'oreille de son mari, tout devenait tromperie, amorce et mauvaise foi. Cependant, si elle ne l'aimait pas, pourquoi l'avait-elle épousé? Il était si facile de dire un non au lieu d'un oui! sa mère ne l'aurait pas contrainte, puisqu'elle favorisait sa fuite. Gaston se rappela alors la discussion animée qu'il avait soutenue le matin même contre Mme Benoît; il comprit sans difficulté le dépit de la veuve et sa vengeance. Mais comment cette mère ambitieuse avait-elle pu, en moins d'un jour, retourner le cœur de sa fille? Pourquoi Lucile n'avait elle pas écrit un mot d'explication à son mari? Cette idée l'amena tout naturellement à chercher dans sa poche le billet de Mme Benoît. Il y remarqua un mot qui lui avait échappé à la première lecture: «Votre femme et votre argent!» En vérité, c'était bien d'argent qu'il s'agissait! Comme si l'argent était quelque chose pour celui qui voit crouler tout le bonheur de sa vie! Qu'importe une misérable somme à celui qui a perdu ce qu'on ne saurait acheter à aucun prix? «Votre femme et votre argent!» Cela ressemblait à la lugubre plaisanterie des cours d'assises qui condamnent un homme à la peine de mort et aux frais du procès! Gaston s'imagina, bien à tort, que sa belle-mère n'avait écrit ce mot que pour lui rappeler la position modeste dont elle l'avait tiré, et sa dignité ombrageuse en fut révoltée. À force de relire ce malheureux billet, il se persuada que ce serait une honte de partir pour Paris sans qu'on sût s'il courait après sa femme ou après son argent, et il résolut de rester à Arlange tant que Lucile ne lui aurait pas écrit.

Cette décision l'entraîna dans une dépense d'esprit et d'amabilité qu'il n'avait pas prévue. La nouvelle du départ de la marquise s'était répandue avec une vitesse électrique; et comme on n'avait jamais ouï dire, à quatre lieues à la ronde, qu'un bal de noces eût fini de la sorte, tous ceux qui avaient dîné ou simplement dansé à la forge y coururent en toute hâte sous le prétexte naturel d'une visite de digestion. Le marquis fit tête à cette armée de curieux, de façon à prouver aux plus difficiles qu'il était homme du monde lorsqu'il en avait le temps. Durant une semaine, la maison ne désemplit pas, et il ne témoigna nul ennui de passer moitié du jour au salon. Cette petite foule altérée de scandale fut stupéfaite de son air tranquille, de sa voix naturelle, de sa figure heureuse et souriante. Il raconta à qui voulut l'entendre que, depuis plus de quinze jours, Mme Benoît avait à Paris des affaires urgentes qui réclamaient sa présence et celle de sa fille; qu'en bonne mère, elle n'avait pas voulu retarder pour cela le mariage de Lucile; qu'en sage administrateur, elle avait voulu laisser un homme sûr à la tête de la forge; qu'en gracieuse maîtresse de la maison, elle n'avait pas gêné ses invités par l'annonce d'un si prochain départ. Si quelqu'un prenait un visage de condoléance et semblait plaindre les victimes d'une séparation si intempestive, Gaston s'empressait de rassurer cette bonne âme en lui apprenant que sous peu de jours le mari, la femme et la belle-mère seraient définitivement réunis. Non content de tromper les curieux et les malveillants, il prit la peine de les charmer. Il déploya en leurs faveurs ses grâces naturelles et acquises; il s'installa dans le cœur de toutes le femmes et dans l'estime de tous les hommes; il approuva tous les ridicules, il donna tête baissée dans tous les préjugés; il berna si savamment son auditoire, qu'il fit la conquête de tout le canton: cela peut arriver au plus honnête homme. Le premier résultat de cette comédie fut de lui donner cent cinquante amis intimes; le second fut de persuader à tout le monde que son récit était la pure vérité.

La vérité, la voici. Après le bal, Lucile, le cœur serré par une joie inquiète, suivit sa mère dans son appartement. À peine entrée, Mme Benoît la dépouilla, en un tour de main, de sa robe blanche, l'enveloppa dans un peignoir épais et lui jeta un châle sur les épaules, tandis que Julie remplaçait les souliers de satin par une paire de bottines. Sans lui donner le temps de s'étonner de cette toilette, sa mère lui dit vivement, tout en changeant de robe:

«Ma belle chérie, Gaston s'est rendu à mes prières; nous partons pour Paris à l'instant.

—Déjà? Il ne m'en a pas encore parlé!

—C'est une surprise qu'il te ménageait, chère enfant, car, au fond, tu regrettais bien un peu de ne pas voir ce beau Paris!

—Non, maman.

—Tu le regrettais, ma fille; je te connais mieux que toi-même.»

On frappa discrètement à la porte. Mme Benoît tressaillit.

«Qui est là? demanda-t-elle.

—Madame, répondit la voix de Pierre, la berline de madame est attelée.»

La veuve entraîna sa fille jusqu'à la voiture. «Vite, vite, lui dit-elle; nos gens sont à danser; s'ils avaient vent de notre départ, il faudrait subir leurs adieux.

—Mais j'aurais bien voulu leur dire adieu,» murmura Lucile. Sa mère la jeta au fond de la berline et s'y élança après elle. «Et Gaston? demanda la jeune femme, complètement étourdie par ces mouvements précipités.

—Viens, mon enfant. Pierre, où est M. le marquis?» La leçon de Pierre était faite. Il répondit sans embarras: «Madame, M. le marquis fait charger les bagages sur la vieille chaise. Il prie madame de l'attendre une minute ou deux.»

Lucile, poussée par une inspiration secrète, essaya d'ouvrir la portière. La portière de droite, soit hasard, soit calcul, refusa de s'ouvrir. Pour arriver à l'autre, il fallait passer sur le corps de sa mère. Son courage n'alla point jusque là. «Julie, dit-elle, voyez donc ce que fait M. le marquis.»

Julie, qui était depuis quinze ans au service de Mme Benoît, partit, revint et répondit: «Madame, M. le marquis prie ces dames de ne pas l'attendre. Un trait s'est brisé, on le raccommode; monsieur rejoindra au relais.» Au même instant Pierre s'approcha de la portière de gauche, et Mme Benoît lui dit à l'oreille: «Prends la traverse; brûle Dieuze, et droit à Moyenvic!»

La voiture partit au grand trot. C'était, en vérité, une singulière nuit de noces. Mme Benoît triomphait de quitter Arlange et de rouler vers le faubourg en compagnie d'une marquise. Elle se plaignit de la fatigue, de la migraine, du sommeil, et elle se retrancha, les yeux fermés, dans un coin de la berline, de peur que les réflexions de sa fille ne vinssent troubler la joie tumultueuse qui bouillonnait dans son cœur. La pauvre mariée, sans craindre la fraîcheur de la nuit, allongeait le cou hors de la portière, écoutant le souffle du vent, et plongeant ses regards humides dans l'obscurité. Au relais de Moyenvic, Mme Benoît jeta le masque et dit à sa fille: «Ne vous écarquillez pas les yeux à chercher votre mari. Vous ne le reverrez qu'au faubourg Saint-Germain.»

Lucile devina la trahison; mais elle avait trop peur de sa mère pour lui répondre autrement que par des larmes. «Votre mari, poursuivit la veuve, est un obstiné qui refusait de vous conduire dans le monde. C'est dans votre intérêt que je lui ai forcé la main. Il vous aura rejointe dans les vingt-quatre heures, s'il vous aime. Il n'y a pas là de quoi pleurer comme une Agar dans le désert. Je suis votre mère, je sais mieux que vous ce qui vous convient; je vous mène à Paris: je vous sauve d'Arlange.

—Ô mon pauvre bonheur! s'écria l'enfant en tordant ses mains.

—De quoi vous plaignez-vous? Vous l'aimiez, vous l'avez épousé. Vous êtes mariée! Que vous faut-il de plus?

—Ainsi, dit Lucile, voilà donc le mariage! Ah! j'étais bien plus heureuse quand j'étais fille: je voyais mon mari!»

D'Arlange à Paris, elle ne se lassa point de regarder par la portière. Il lui semblait impossible que Gaston ne fût pas à sa poursuite. Dans chaque voiture qui soulevait la poussière de la route, sur tous les chevaux qui accouraient au galop derrière la berline, elle croyait reconnaître son mari. Ce voyage, qui étouffait de joie sa triomphante mère, fut pour elle une série interminable d'espérances et de déceptions. Paris, sans Gaston, lui parut une immense solitude, et le faubourg Saint-Germain, abandonné par la moitié de ses habitants, fut pour elle un désert dans un désert.

Le lendemain de son arrivée, le premier objet qu'elle aperçut en ouvrant sa fenêtre fut la figure de Jacquet. Elle descendit en moins d'une seconde: Gaston devait être à Paris! Elle apprit que, s'il n'était pas arrivé, il ne tarderait guère, et je vous laisse à penser si elle fêta le messager d'une si bonne nouvelle. Tandis que Mme Benoît dormait encore du sommeil des heureux, Jacquet raconta les moindres détails du voyage à Dieuze. «Comme il m'aime!» pensa Lucile. Je crois même qu'elle pensa tout haut.

«Pour vous finir l'histoire, poursuivit Jacquet, M. le marquis doit me devoir une pièce de huit francs.

—En voici vingt, mon bon Jacquet.

—Merci bien, mademoiselle. Je ne suis pas positivement sûr de ce que je dis; mais il me semble qu'il me les doit. J'avais fait mon compte comme quoi il me devait vingt-quatre francs, et il ne m'en a donné que vingt: c'est donc quatre francs en moins. Et puis, il ne m'en a encore une fois donné que vingt: c'est encore quatre francs. Et comme quatre et quatre font huit... Cependant, je peux me tromper, et si vous voulez que je vous rende...?

—Garde, garde, mon garçon, et va te reposer de ton voyage.»

Elle courut au jardin et moissonna des fleurs comme un jour de Fête-Dieu, pour que sa chambre fût belle à l'arrivée de Gaston. Jacquet la regarda partir en se disant à lui-même: «Soixante-deux francs, c'est un mauvais compte, comme disait mon grand-père.» Et il supputa sur ses doigts combien il faudrait encore de louis d'or et de pièces de quarante sous pour faire cent francs.

Le jour se passa, et le lendemain, et toute une semaine, sans nouvelles du marquis. Mme Benoît cachait son dépit; Lucile n'osait pas se désoler devant sa mère; mais elles se dédommageaient bien, l'une en pestant, l'autre en pleurant pendant la nuit. Du matin au soir, la mère promenait sa fille dans une voiture blasonnée, sans laquais et sans poudre, car le célèbre carrosse était encore sur le chantier. Elle la conduisait aux Champs-Élysées, au Bois, et partout où va le beau monde, pour lui donner le goût de ces plaisirs de vanité qu'on ne savoure qu'à Paris. En l'absence des Italiens, elle lui faisait subir de lourdes soirées au Théâtre-Français et à l'Opéra. Mais Lucile ne prit goût ni au plaisir de voir ni au plaisir d'être vue. En quelque lieu que sa mère la conduisit, elle y portait le désir de rentrer à l'hôtel et l'espoir d'y trouver Gaston.

Mme Benoît devina avant sa fille que le marquis boudait sérieusement. Comme elle ne manquait pas de caractère, elle eut bientôt pris un parti. «Ah! se dit-elle, monsieur mon gendre se passe de nous! Essayons un peu de nous passer de lui. Qu'est-ce qui me manquait autrefois pour me mêler au monde du faubourg? Des armes et un nom; j'avais tout le reste. Aujourd'hui, il ne nous manque plus rien: nous avons un bel écusson sur nos voitures, nous sommes marquise d'Outreville, et nous devons entrer partout. Mais par où commencer? Voilà la question. Lucile ne peut pas aller de but en blanc dire à des gens qui ne la connaissent pas: «Ouvrez-moi votre porte! je suis la marquise d'Outreville!» Mais, j'y songe! j'irai voir mes débiteurs, mes bons, mes excellents débiteurs! Ils me recevront sur un autre pied que la dernière fois: on traite cavalièrement la fille d'un fournisseur, mais on a des égards pour la mère d'une marquise.»

Sa première visite fut pour le baron de Subressac. Elle ne conduisit Lucile ni chez lui ni chez ses autres débiteurs. À quoi bon apprendre à cette enfant combien il en coûte pour ouvrir une porte?

«Ah! cher baron, dit-elle en entrant, à quel maudit fou avons-nous donné ma fille!»

Le baron ne s'attendait pas à un pareil exorde.

«Madame, reprit-il un peu trop vivement, le fou qui vous a fait l'honneur de devenir votre gendre est le plus noble cœur que j'aie jamais connu.

—Hélas! mon Dieu! si vous saviez ce qu'il a fait! Marié depuis huit jours, il a déjà abandonné sa femme!» Elle exposa, sans déguiser rien, tous les événements que le baron ignorait, et que vous savez. À mesure qu'elle parlait, le sourire reparaissait sur les lèvres du baron. Lorsqu'elle eut tout conté, il lui prit les mains et lui dit gaiement: «Vous avez raison, charmante, le marquis est un grand coupable: il a abandonné sa femme comme le roi Ménélas abandonna la sienne.

—Monsieur, Ménélas courut après Hélène, et je maintiens qu'un mari qui laisse partir sa femme sans la poursuivre, l'abandonne.

—Heureusement, le cas est moins grave, car je ne vois point de Pâris à l'horizon. Vous ramènerez votre fille à son mari; c'est votre devoir, il ne faut pas séparer ce que Dieu a uni. Ces enfants s'adorent, le bonheur leur semblera d'autant plus doux qu'il a été retardé. Vous assisterez à leur joie, vous jouirez du spectacle de leurs amours, et vous m'écrirez avant dix mois pour me donner de leurs nouvelles.»

La jolie veuve étendit la main, et dessina avec l'index un petit geste horizontal qui voulait dire: Jamais!

«Mais alors, reprit le baron, que comptez-vous donc devenir?

—Puis-je faire fond sur votre amitié, monsieur le baron?

—Ne vous l'ai-je pas déjà prouvé, charmante?

—Et je ne l'oublierai de ma vie. Si votre bienveillance ne me manque pas, j'ai de quoi me passer à tout jamais de M. d'Outreville.

—Croyez-vous que la jeune marquise en dirait autant?

—Ce n'est pas d'elle qu'il s'agit pour le quart d'heure. Les parents, en bonne justice, doivent passer avant les enfants. Qu'est-ce que je demande à Dieu et aux hommes? L'entrée du faubourg. Que faut-il pour m'y faire recevoir? Que Lucile y soit admise. Or, elle a tous les droits imaginables; il ne lui manque qu'un introducteur. Refuserez-vous de la présenter?

—Absolument. D'abord, parce que cet honneur convient moins à un baron qu'à une baronne. Ensuite, parce que je ne veux pas contribuer au retardement du bonheur de Gaston. Enfin, parce que toute ma bonne volonté ne vous servirait à rien. Madame votre fille a incontestablement le droit d'entrer partout, mais à quel titre? parce qu'elle est la femme de Gaston. Comme femme de Gaston, elle trouvera la porte ouverte chez tous qui connaissent son mari, c'est-à-dire chez tous les nôtres; mais voyez si j'aurais bonne grâce à l'introduire en disant: «Mesdames et messieurs, vous aimez et vous estimez le marquis d'Outreville; vous êtes ses parents, ses alliés ou ses amis, permettez-moi donc de vous présenter sa femme, qui n'a pas voulu vivre avec lui!» Croyez-moi, charmante, c'est une expérience de soixante-quinze ans qui vous parle; une jeune femme ne fait jamais bonne figure sans son mari, et la mère qui la promène ainsi, toute seule, hors de son ménage, ne joue pas un rôle applaudi dans le monde. Si vous tenez absolument à coudoyer des duchesses, allez obtenir par de bons procédés que votre gendre vous ramène à Paris. Votre escapade l'a froissé; voilà pourquoi il ne vient pas vous rejoindre. Si vous l'attendez ici, je le connais assez pour prédire que vous attendrez longtemps. Retournez à Arlange. Ne soyons pas plus fiers que Mahomet: la montagne ne venait pas à lui, il alla trouver la montagne.»

C'était assez bien parlé, mais Mme Benoît ne se le tint pas pour dit. Elle se présenta, passé midi, chez cinq ou six de ses débiteurs. Personne n'ignorait le mariage de sa fille, mais personne ne témoigna le désir de la connaître. On parla abondamment du marquis, on le peignit comme un galant homme, on loua son esprit, on regretta sa rareté et sa misanthropie, et l'on s'informa s'il passerait l'hiver à Paris. La veuve essaya en vain de replacer la pétition qu'elle avait adressée à M. de Subressac; elle ne peut trouver d'ouverture. Elle ne perdit pourtant pas l'espérance, et se promit bien de revenir à la charge. D'ailleurs, il lui restait encore une ressource, une ancre de salut, qu'elle réservait pour les dernières extrémités: la comtesse de Malésy. La comtesse était la femme qui lui devait le plus, et par conséquent celle dont elle avait le plus à attendre. C'était une jolie petite vieille de soixante ans, à qui l'on ne reprochait rien que la coquetterie, la gourmandise, un amour effréné du jeu, et la rage de jeter l'argent par les fenêtres. Mme Benoît se disait, avec juste raison, qu'une personne qui a tant de défauts à sa cuirasse ne saurait être invulnérable, et qu'on doit, par un chemin ou par un autre, arriver jusqu'à son cœur. Elle jouissait déjà de la surprise du baron, le jour où il la rencontrerait dans le monde entre Lucile et Mme de Malésy.

Tandis qu'elle faisait tant de visites inutiles, la jolie marquise d'Outreville s'enfermait dans sa chambre, et, sans prendre conseil de personne, écrivait à son mari la lettre suivante:

Que faites-vous, Gaston? Quand viendrez-vous? Vous aviez pourtant promis de nous rejoindre. Comment avez-vous pu rester dix grands jours sans me voir? Quand nous étions ensemble dans notre cher Arlange, vous ne saviez pas me quitter pour une heure. Dieu! que les heures sont longues à Paris! Maman me parle à chaque instant contre vous, mais à votre nom seul il se fait dans mon cœur un tapage qui m'empêche d'entendre. Elle me dit que vous m'avez abandonnée: vous devinez que je n'en crois rien. Car, enfin, je ne suis pas plus laide que lorsque vous vous mettiez à genoux devant moi; et si je suis plus vieille, ce n'est pas de beaucoup. Tout n'est pas fini entre nous, le dernier mot n'est pas dit, et je sens que j'ai encore du bonheur à vous donner. Vous n'êtes pas homme à fermer un si bon livre à la première page. Moi, depuis que je ne vous ai plus, je suis tout hébétée et toute languissante. Imaginez-vous que par moments je crois que je ne suis pas votre femme, et que cette belle cérémonie de l'église, et ce bal où nous étions si heureux, sont un rêve qui a trop tôt fini. Ce qui n'était pas un rêve, c'est ce baiser que vous m'avez donné. J'ai reçu bien des baisers depuis que je suis née, mais aucun ne m'était entré si avant dans le cœur. C'est sans doute parce que celui-là venait de vous. Tout ce qui vous appartient a quelque chose de particulier que je ne sais comment définir: par exemple, votre voix est plus pénétrante qu'aucune autre; personne n'a jamais su dire Lucile comme vous. Pourquoi n'êtes-vous pas ici, mon cher Gaston? Ce baiser que vous m'avez donné, je serais si heureuse de vous le rendre! Cela ne serait pas mal, n'est-ce pas, puisque je suis votre femme! Vous n'imaginerez jamais combien vous me manquez. Quand je sors avec maman, je vous cherche dans les rues: tout ce que j'ai vu à Paris jusqu'à présent, c'est que vous n'y êtes pas. Le soir, j'embrouille régulièrement votre nom dans mes prières; le matin, en m'éveillant, je regarde si vous n'êtes point autour de moi. Est-il possible que je pense tant à vous et que vous m'ayez oubliée? Peut-être m'en voulez-vous de vous avoir quitté si brusquement et sans vous dire adieu. Si vous saviez! Ce n'est pas moi qui suis partie; c'est maman qui m'a enlevée. Je croyais que vous alliez nous rattraper avec la vieille chaise de poste et les bagages;

maman me l'avait assuré, Pierre aussi, Julie aussi. J'ai bien pleuré, allez, quand j'ai su qu'on m'avait fait un si méchant mensonge. Depuis ce temps-là, je pleurerais toute la journée, si je ne me retenais; mais je rentre mes larmes, d'abord pour ne pas être grondée, et puis pour que vous ne me trouviez pas avec des yeux rouges. Il ne faut point vous fâcher si je ne vous ai pas écrit plus tôt: vous nous aviez fait dire que vous arriviez, et lorsqu'on attend quelqu'un, on ne lui écrit pas. Maintenant je vous écrirai jusqu'à ce que je vous aie vu: il faut que je n'aie pas beaucoup d'amour-propre, car j'écris comme un petit chat, et je ne sais guère aligner mes phrases. C'est que je n'avais jamais écrit à personne, n'ayant ni oncles, ni tantes, ni amies de pension. J'espère que vous ne me laisserez pas me ruiner en frais de style et que vous partirez à ma première réquisition: venez, laissez la forge; il n'y a plus d'affaires au monde tant que nous sommes séparés: je vous réconcilierai avec maman, à la condition qu'elle fera tout ce que vous voudrez et qu'elle ne vous demandera rien de désagréable. Si le séjour de Paris vous déplaît autant qu'à moi, soyez tranquille, nous n'y resterons pas longtemps. Mais si vous n'arrivez pas, que voulez-vous que je devienne? Il me serait assez facile de me sauver de l'hôtel un jour que maman serait sortie sans moi; mais je ne peux pourtant pas courir les grands chemins toute seule! Cependant, si vous l'exigiez, je partirais; je me mettrais sous la protection de Jacquet. Mais quelque chose me dit que vous ne vous ferez ni prier ni attendre, pensez seulement à deux petites mains rouges qui sont tendues vers vous!

Mme Benoît entra tandis que Jacquet portait cette lettre à la poste.

«Tu ne t'es pas ennuyée toute seule? demanda la mère à sa fille.

—Non, maman,» répondit la marquise.

IV

Les trois jours suivants furent des jours d'attente. Lucile attendait Gaston comme s'il pouvait déjà avoir reçu sa lettre; Mme Benoît espérait que ses nobles débiteurs lui rendraient ses visites. La mère et la fille restèrent donc à la maison, mais non pas ensemble. L'une était assise devant une fenêtre du salon, les yeux braqués sur la porte cochère; l'autre se promenait sous les marronniers du jardin, les yeux tournés vers l'avenir. Mme Benoît comptait sur son luxe pour se faire des amis: elle se promettait de montrer les beaux appartements du rez-de-chaussée: «Nous aurons du malheur, pensait-elle, si personne ne nous offre, en attendant, une tasse de thé; on offre volontiers à qui peut rendre.» Le salon, tendu de fleurs éblouissantes, avait un air de fête; la maîtresse était en toilette du matin au soir, comme les officiers russes qui ne dépouillent jamais l'uniforme. En attendant que la maison fût montée, Jacquet, transformé par une livrée neuve, faisait, sous le vestibule, son apprentissage du métier de laquais.

Les cœurs sensibles seront peinés d'apprendre que toute cette dépense fut en pure perte: aucun débiteur ne se présenta chez Mme Benoît. Que voulez-vous? le pli était pris. Ces messieurs et ces dames s'étaient fait une habitude de ne la payer ni en argent ni en politesse, et de ne lui rendre rien, pas même ses visites.

Elle méditait tristement, derrière un rideau, sur l'ingratitude des hommes, lorsqu'un coupé lancé au grand trot fit crier harmonieusement le sable de la cour. La jolie veuve sentit son cœur bondir: c'était la première fois qu'une autre voiture que la sienne venait tracer deux ornières devant sa porte. La voiture s'arrêta; un homme encore jeune en descendit. Ce n'était pas un débiteur; c'était cent fois mieux: le comte de Preux en personne! Il disparut sous le vestibule; et Mme Benoît, avec la promptitude de la foudre, passa la revue de son salon, jeta un suprême coup d'œil à sa toilette, et prépara les premières paroles qu'elle aurait à dire: elle avait pourtant assez d'esprit pour s'en remettre au hasard de l'improvisation.

Le comte tarda quelque peu: elle maudit Jacquet, qui le retenait sans doute dans l'antichambre. Pourquoi la porte ne s'ouvrait-elle pas? Elle aurait couru au-devant de son noble visiteur, si elle n'eût craint de se nuire par un excès d'empressement. Enfin la portière se souleva; un homme parut: c'était Jacquet.

«Faites entrer! dit la veuve haletante.

—Qui ça, madame? répondit Jacquet, de cette voix traînarde qui distingue les paysans lorrains.

42/73

—Le comte!

—Ah! c'est un comte? Eh bien, le v'là dans la cour.»

Mme Benoît courut à la fenêtre et vit M. de Preux regagner sa voiture sans retourner la tête, et donner un ordre au cocher.

«Cours après lui, dit-elle à Jacquet. Qu'est-ce qu'il t'a dit?

—Madame, c'est un homme très bien, pas fier du tout. Il vient probablement de la campagne, car il croyait que M. le marquis était ici. Moi, j'ai dit qu'il n'y était pas; voilà.

—Imbécile, tu n'as pas dit que madame y était?

—Si fait, madame, je l'ai dit; mais il n'a pas eu l'air d'entendre.

—Il fallait le répéter!

—Et le temps? il s'est mis tout de suite à me demander quand monsieur reviendrait. Faut croire que son idée était de parler à monsieur.

—Qu'as-tu répondu?

—Ma foi! qu'on ne savait pas trop sur quel pied danser avec monsieur; qu'il n'avait pas l'air de vouloir revenir; et alors, comme il n'était pas fier du tout et qu'il avait l'air de se plaire avec moi, je lui ai raconté la bonne farce que madame et mademoiselle ont faite à monsieur.

—Misérable, je te chasse! va-t'en! Combien te doit-on?

—Je ne sais, madame.

—Combien gagnes-tu par mois?

—Neuf francs, madame. Ne me chassez point! Je n'ai rien fait! Je ne le ferai plus!» Et des larmes.

«Combien y a-t-il de temps qu'on ne t'a payé?

—Deux mois, madame. Qu'est-ce que vous voulez que je devienne si vous me chassez?

—Arrive ici, voici tes dix-huit francs. En voilà vingt autres que je te donne pour que tu aies le temps de chercher une place. Va!»

Jacquet prit l'argent, regarda si son compte y était, et tomba à genoux en criant:

«Grâce, madame! Je ne suis pas méchant! Je n'ai jamais fait de mal à personne!

—Maître Jacquet, sachez que la bêtise est le pire de tous les vices.

—Pourquoi ça, madame? hurla Jacquet.

—Parce que c'est le seul dont on ne se corrige jamais.»

Elle le poussa dehors et vint se jeter sur une causeuse. Jacquet sortit de l'hôtel, emportant, comme le philosophe Bias, toute sa fortune avec lui. Si quelqu'un l'avait suivi, on l'aurait entendu murmurer d'une voix désolée: «Soixante-deux et huit font septante; et dix, quatre-vingts; et vingt, cent. Mais j'ai tué la poule: je n'aurai plus d'œufs!»

Lucile apprit au dîner la disgrâce de Jacquet, mais elle n'osa en demander la cause. La mère et la fille, l'une triste et inquiète, l'autre maussade et grondeuse, mangeaient du bout des doigts, sans rien dire, lorsqu'on apporta une lettre pour Mme d'Outreville.

«De Gaston!» s'écria-t-elle. Malheureusement non; l'adresse portait le timbre de Passy. C'était Mme Céline Jordy, née Mélier, qui se rappelait au souvenir de son amie. Lucile lut à haute voix:

Ma jolie payse, je t'écris en même temps à notre hameau et à Paris; car depuis ton mariage, tu m'as si bien délaissée, que je ne sais ce que tu es devenue. Moi, je suis heureuse, heureuse, heureuse! c'est en trois mots toute mon histoire. Si tu veux de plus amples détails, viens en chercher, ou dis-moi en quel lieu tu te caches. Robert est le plus parfait de tous les hommes, à part M. d'Outreville, que je connaîtrai quand tu me l'auras fait voir. Quand donc pourrai-je t'embrasser? J'ai mille secrets que je ne peux dire qu'à toi: n'es-tu pas depuis seize ans mon unique confidente? Je suis curieuse de savoir si tu me reconnaîtras sans que j'écrive mon nom sur mon chapeau. Toi aussi, tu dois être bien changée. Nous étions si enfants, toi, il y a quinze jours, moi, il y a trois semaines! Viens demain, si tu es à Paris; quand tu pourras, si tu es à Arlange. J'aime à croire que nous ne ferons pas les marquises, et que nous nous verrons tant que nous pourrons, sans jamais compter les visites. Il me tarde de te montrer ma maison: c'est le plus charmant nid de bourgeois qui se soit jamais bâti sur la terre! Libre à toi de m'humilier ensuite par le spectacle de ton palais; mais il faut que je te voie. Je le veux. C'est un mot auquel personne ne désobéit à Passy, rue des Tilleuls, n°. À bientôt. Je t'embrasse sans savoir où, à l'aveuglette.

Ta Celiné.

«Chère Céline! j'irai demain passer la journée avec elle. Vous n'avez pas besoin de moi, maman?

—Non, je sors de mon côté pour voir une de mes amies.

—Qui donc, maman?

—Tu ne la connais pas: la comtesse de Malésy.»

Il y avait douze ou treize ans que Mme Benoît n'avait vu cette vénérable amie, en qui elle mettait sa dernière espérance. Elle la trouva, peu changée. La comtesse était devenue sourde, à force d'entendre les criailleries de ses créanciers; mais c'était une surdité complaisante, voire un peu malicieuse, qui ne l'empêchait pas d'entendre ce qui lui plaisait. Du reste, l'œil était bon et l'estomac admirable. Mme de Malésy reconnut sa créancière, et la reçut avec une touchante familiarité.

«Bonjour, petite, bonjour! lui dit-elle. Je ne vous ai pas défendu ma porte. Vous avez trop d'esprit pour venir me demander de l'argent?

—Oh! madame la comtesse! je ne vous ai jamais fait de visite intéressée.

—Chère petite, tout le portrait de son père! Ah! mon enfant, Lopinot était un brave homme.

—Vous me comblez, madame la comtesse.

—Comprenez-vous qu'on vienne demander de l'argent à une pauvre femme comme moi? Il n'y a pas un an que j'ai marié ma fille au marquis de Croix-Maugars! C'est une bonne affaire, j'en conviens; mais ce mariage m'a coûté les yeux de la tête.»

Mlle de Malésy n'avait pas reçu un centime de dot.

«Moi, madame, je viens de marier ma fille au marquis d'Outreville.

—Plaît-il? comment appelez-vous cet homme-là?»

Mme Benoît fit un cornet de ses deux mains et cria: «Le marquis d'Outreville!

—Bien, bien, j'entends; mais quel Outreville? Il y a les bons Outreville et les faux Outreville; et des bons il n'en reste pas beaucoup.

—C'est un bon.

—En êtes-vous bien sûre? Est-il riche?

—Il n'avait rien.

—Tant mieux pour vous! Les mauvais sont riches en diable; ils ont acheté la terre et le château, et pris le nom par-dessus le marché. Quel nez a-t-il?

—Qui?

—Votre gendre.

—Un nez aquilin.

—Je vous en fais mon compliment. Les faux Outreville sont de vrais magots, tous nez en pieds de marmite.

—C'est celui qui est sorti de l'École polytechnique.

—Mais je le connais! Un peu fou: c'est un bon. Mais alors, vous qui êtes une femme de sens, expliquez-moi comment il a commis cette sottise-là?»

Ce fut au tour de Mme Benoît de faire la sourde oreille. La comtesse reprit:

«Je dis, la sottise d'épouser votre fille. Elle est donc bien riche?

—Elle avait cent mille livres de rente en mariage. Nous autres bourgeois, nous avons gardé l'habitude de donner des dots à nos filles... Attrape!

—N'importe; cela m'étonne de lui. Je lui croyais l'âme mieux située. Vous comprenez, petite, que je ne dirais pas cela s'il était ici; mais nous sommes entre nous... Qu'y a-t-il, Rosine?

—Madame, répondit la femme de chambre, c'est ce commis du Bon saint Louis.

—Je n'y suis pas! Ces marchands sont devenus insupportables. Ah! petite, votre père était un galant homme! Je disais donc que le marquis sera blâmé de tout le monde. Personne ne le lui reprochera en face; son nom est à lui, il le traîne où il veut. Mais il n'est pas permis à un véritable Outreville de s'enca... de se mésa... Qu'est-ce encore, Rosine?

—Madame, c'est M. Majou.

—Je n'y suis pas; je suis sortie pour la journée; je viens de partir pour la campagne. A-t-on vu un marchand de vin pareil? Les créanciers d'aujourd'hui sont pires que des mendiants: on a beau les chasser, ils reviennent toujours! Ah! petite, votre père était un saint homme! Votre fille est-elle jolie, au moins?

—Madame, j'aurai l'honneur de vous la présenter un de ces jours dans l'après-midi. Mon gendre est dans nos terres.

—C'est cela, amenez-la-moi un matin, cette jeunesse. J'y suis pour vous jusqu'à midi... Encore, Rosine! c'est donc une procession, aujourd'hui?

—Madame, c'est M. Bouniol.

—Répondez qu'on me pose les sangsues.

—Madame, je lui ai déjà dit que madame la comtesse n'y était pas. Il répond qu'il est venu cinq fois en huit jours sans voir madame, et que, si on refuse de le recevoir, il ne reviendra plus.

—Eh bien, qu'il entre: je lui dirai son fait.

Vous permettez, petite? nous sommes gens de revue.

Ah! ma chère, votre père était un grand homme!

Mme Benoît disait tout bas en remontant dans sa voiture: «Raille, raille, impertinente vieille! tu as des dettes, j'ai de l'argent: je te tiens! Dût-il m'en coûter cinq cents louis, je prétends que tu me conduises par la main jusqu'au milieu du salon de ta fille!» C'est dans ces sentiments qu'elle se sépara de la comtesse.

Lucile était depuis longtemps dans les bras de son amie. Elle partit de l'hôtel à huit heures et descendit une heure après devant la plus belle grille de la rue des Tilleuls. La matinée était magnifique; la maison et le jardin baignaient dans la lumière du soleil. Le jardin tout en fleurs ressemblait à un bouquet immense; une pelouse émaillée de rosiers du roi s'encadrait dans un cercle de fleurs jaunes, comme un jaspe sanguin dans une monture d'or. Un grand acacia laissait pleuvoir ses fleurs sur les arbustes d'alentour et livrait au vent du matin ses odeurs enivrantes. Les merles noirs au bec doré volaient en chantant d'arbre en arbre; les roitelets sautillaient dans les branches de l'aubépine, et les pinsons effrontés se poursuivaient dans les allées. La maison, construite en briques rouges rehaussées de joints blancs, semblait sourire à ce luxe heureux qui s'épanouissait autour d'elle. Tout ce qui grimpe et tout ce qui fleurit fleurissait et grimpait le long de ses murs. La glycine aux grappes violettes, le bignonia aux longues fleurs rouges, le jasmin blanc, la passiflore, l'aristoloche aux larges feuilles, et la vigne-vierge qui s'empourpre au dernier sourire de l'automne, élevaient jusqu'au toit leurs tiges entrelacées. De grosses nattes de volubilis fleurissaient au niveau de la porte, et le grelot bleu des cobæas pavoisait toutes les fenêtres. Ce spectacle réveilla chez la marquise les plus doux souvenirs d'Arlange: en ce moment elle eût donné pour rien son hôtel de la rue Saint-Dominique et ce jardin trop étroit où les fleurs étouffaient entre l'ombre pesante de la maison et le feuillage épais des vieux maronniers. Un peignoir de foulard écru, à demi caché dans un bosquet de rhododendrons, l'arracha brusquement de sa rêverie. Elle courut, et ne s'arrêta que dans les bras de Mme Jordy.

Avez-vous jamais observé au théâtre la rencontre d'Oreste et de Pylade? Si habiles que soient les acteurs, cette scène est toujours un peu ridicule. C'est que l'amitié des hommes n'est, de sa nature, ni expansive ni gracieuse. Un gros serrement de mains, un bras grotesquement passé autour d'un cou, ou l'absurde frottement d'une barbe contre une autre, ne sont pas des objets qui puissent charmer les yeux. Que la tendresse des femmes est plus élégante, et que les plus gauches sont de grands artistes en amitié!

Céline était une toute petite blonde, potelée et rondelette, au front bombé, au nez en l'air, montrant à tout propos ses dents blanches et aiguës comme celles d'un jeune chien, riant sans autre raison que le bonheur de vivre, pleurant sans chagrin, changeant de visage vingt fois en une heure, et toujours jolie sans qu'on ait jamais pu dire pourquoi. Heureusement pour le narrateur de cette véridique histoire, la beauté n'est pas sujette à définition; car il me serait impossible de dire par quel charme Mlle Mélier a séduit son mari et tous ceux qui l'ont aperçue. Elle n'avait rien de particulièrement beau, si ce n'est la rondeur de sa taille, l'éclat de son teint, et deux petites fossettes très gentilles, quoiqu'elles ne fussent pas placées avec toute la régularité désirable.

Lucile ne ressemblait en rien à Mme Jordy; si l'amitié vit de contrastes, leur liaison devait être éternelle. La jeune marquise avait la tête de plus que son amie, et l'embonpoint de moins: je vous ai averti que sa jeunesse était une fleur tardive. Imaginez la beauté maigre et nerveuse de Diane chasseresse. Avez-vous vu quelquefois, dans les admirables paysages de M. Corot, ces nymphes au corps svelte, à la taille élancée, qui dansent en rond sous les grands arbres en se tenant par la main? Si la marquise d'Outreville venait se joindre à leurs jeux, sans autre vêtement qu'une tunique, sans autre coiffure qu'une flèche d'or dans les cheveux, le cercle vivant s'élargirait pour lui faire place, et l'on continuerait la ronde avec une sœur de plus.

Par un caprice du hasard, la reine des bois d'Arlange était, ce matin-là, en chapeau de crêpe blanc et en robe de taffetas rose; et la petite bourgeoise blonde était vêtue comme une habitante des bois: chapeau de paille, habits flottants:

«Que tu es bonne d'être venue!» dit-elle à la marquise. Dispensez-moi de noter tous les baisers dont les deux amies entrecoupèrent leurs discours. «J'avais rêvé de toi. Depuis combien de temps es-tu à Paris, ma belle?

—Depuis le lendemain de mon mariage.

—Quinze jours perdus pour moi! mais c'est affreux!

—Si j'avais su où te trouver! murmura la petite marquise. J'avais bien besoin de te voir.

—Et moi donc! D'abord, regarde-moi entre les deux yeux. Ai-je bien l'air d'une dame? Me dira-t-on encore mademoiselle?

—C'est vrai; tu as je ne sais quoi de plus assuré: un air de gravité...

—Pas un mot de plus, ou je meurs de rire. Et toi? voyons! Toi, tu es toujours la même. Bonjour, mademoiselle!

—Votre servante, madame.

—Madame! Quel joli mot! Si vous êtes bien sage à déjeuner, je vous appellerai madame au dessert. Te souviens-tu du temps où nous jouions à la madame?

—Il n'est pas assez loin pour que je l'aie oublié.

—Venez, mademoiselle, que je vous promène dans mon jardin. Vous ne toucherez pas aux fleurs!»

Tout en causant, elle cueillit une énorme poignée de roses, derrière laquelle elle disparaissait tout entière.

«Je demande grâce pour ton beau jardin! cria Lucile.

—D'abord, je te défends de l'appeler mon beau jardin. Tout le monde le voit, tout le monde y vient; c'est le jardin de tout le monde! mon beau jardin est là-bas, derrière ce mur. Il n'y a que deux personnes qui s'y promènent, Robert et moi; tu seras la troisième. Viens; vois-tu cette porte verte? À qui arrivera la première!»

Elle prit sa course. Lucile la suivit, et l'eut bientôt devancée. Mme Jordy, en arrivant, tira une petite clef de sa poche et ouvrit la porte.

«Ceci, dit-elle, est notre parc réservé. Ces tilleuls, dont les fleurs ont des ailes, ne fleurissent que pour nous. Nous nous promenons ici en tête-à-tête tous les matins avant l'heure du travail, car nous sommes des oiseaux matineux: j'ai gardé mes bonnes habitudes d'Arlange. Quant à Robert, je ne sais comment il s'y prend, mais j'ai beau m'éveiller matin, je le trouve toujours accoudé sur l'oreiller et occupé gravement à me regarder dormir. Viens un peu de ce côté. Ici, l'ancien propriétaire avait construit une grande bête de grotte humide, tapissée de rocailles et de coquillages, avec un Apollon en plâtre au milieu et des crapauds partout. Robert l'a fait démolir aux trois quarts; il a amené ici l'air et la lumière. C'est lui qui a disposé ces plantes grimpantes, suspendu ces hamacs, installé cette jolie table et ces fauteuils. Il a du goût comme un ange; il est architecte, il est tapissier, il est jardinier, il est tout! Assieds-toi seulement un peu sur cette mousse. Non, j'oubliais ta robe neuve. Moi, voici ce que je mets tous les matins: avec cela on peut s'asseoir partout. Allons-nous-en!

—Pas encore! on est si bien sous ces beaux arbres!

—Nous y reviendrons tout à l'heure pour déjeuner. Viens voir notre maison. Ensuite je te montrerai mon mari; il est à la fabrique. Tu verras, ma Lucile, comme il est beau! Tu te rappelles les plaisanteries que nous faisions autrefois sur notre idéal? Mon idéal, à moi, était un grand brun avec des moustaches en croc et des sourcils noirs comme de l'encre. Eh bien! ma chère, mon mari ne ressemble pas à cela, mais pas du tout. Il n'est pas plus grand que papa; ses cheveux sont châtains, et il porte une jolie barbe blonde, douce comme de la soie, car elle n'a jamais été rasée. Maintenant je trouve que mon idéal était affreux, et si je le rencontrais dans la rue, j'en aurais peur. Robert est doux, délicat, tendre; il pleure, ma chère! Hier, à la nuit tombante, il était assis auprès de moi; nous faisions des projets; j'exposais mes petites idées sur l'éducation des enfants. Il me laissait parler toute seule, et cachait sa tête dans ses mains, comme pour regarder en lui-même. Quand j'eus fini, il m'embrassa sans rien dire, et je sentis une grosse larme rouler sur ma joue. Que c'est beau, des larmes d'homme! Maman m'aime bien, mais elle ne m'a jamais aimé comme cela. Ce que tu ne croiras jamais, c'est qu'avec les hommes il est fier, raide et terrible par moments. On m'a conté que l'année dernière nos ouvriers avaient voulu se mettre en grève pour faire chasser un contre-maître. Il a su le complot à temps;

il a marché droit sur les meneurs, au milieu de cinquante ou soixante hommes mutinés contre lui, et il a fait rentrer la révolte sous terre. Tout le monde le craint dans la maison, excepté moi: juge si j'ai lieu d'être fière! Il me semble que je fais marcher tout ce peuple qui lui obéit. Ô ma Lucile, l'admirable chose que le mariage! La veille on était deux, le lendemain on ne fait plus qu'un; on a tout en commun, on est les deux moitiés d'une même âme; on tient ensemble comme ces deux frères siamois, qui ne peuvent se séparer sans mourir. Voici notre chambre; qu'en dis-tu? Il m'a choisi la tenture comme une robe: bleue, en l'honneur de mes cheveux blonds. Au fait, qu'est-ce qu'une tenture? une toilette qui nous habille de loin. Toi, ma brune aux yeux noirs, tu dois avoir une chambre de satin rose?

—Je crois que oui, reprit Lucile toute rêveuse.

—Comment? je crois! Tu réponds comme une Anglaise. Mais je suis Anglaise aussi sur un point. Ne va pas t'imaginer que tout le monde entre ici comme dans la rue! On a sa discrétion et sa délicatesse; si tu n'étais pas toi, tu ne serais pas assise dans ce fauteuil-là. Sais-tu que je fais mon lit moi-même! il est vrai que Robert m'aide un peu.»

Lucile ne répondit rien. Elle contemplait d'un œil pensif un magnifique fouillis de dentelles et de broderies au milieu duquel deux larges oreillers reposaient côte à côte. La porte s'ouvrit, et M. Jordy entra étourdiment en jetant son chapeau de paille. À la vue de Lucile, il s'arrêta tout interdit et fit un salut respectueux. Sa femme lui sauta au cou sans façon, et lui dit en montrant la marquise par un geste plein de grâce et de simplicité:

«Robert, c'est Lucile!»

Ce fut toute la présentation. M. Jordy fit à Lucile un petit compliment sans cérémonie qui prouvait qu'il avait souvent entendu parler d'elle, et qu'elle n'était pour lui ni une étrangère ni une indifférente. Il s'assit, et sa femme trouva moyen de se glisser auprès de lui. «N'est-ce pas qu'il est beau? dit-elle à la marquise. Mais d'où vient-il? il faut qu'il ait couru; il est en nage.» Et d'un geste aussi prompt que la parole, elle passa un mouchoir de batiste sur le front du jeune homme qui essayait en vain de se défendre. M. Jordy avait plus de monde que Céline; mais il eut beau lui lancer des regards qui voulaient être sévères, la petite indigène d'Arlange lui mit les deux mains sur les yeux et baisa effrontément ces paupières fermées. «Ne me gronde pas, lui dit-elle; Lucile est mariée depuis quinze jours, c'est-a-dire aussi folle que nous.» La pendule sonna midi; c'était l'heure du déjeuner. On courut au jardin, et l'on s'attabla joyeusement sous ces beaux tilleuls qui ont donné leur nom à la rue voisine. Aucun domestique n'assistait au repas; chacun se servait soi-même et servait les autres; les deux amies, élevées au village et étrangères aux mièvreries de l'éducation parisienne, n'étaient pas des buveuses d'eau; elles trempèrent leurs lèvres dans un joli vin paillé que M. Jordy alla chercher à quelques pas de là, dans un ruisseau d'eau courante. Robert plut facilement à la marquise; sans manquer d'esprit ni d'éducation, il était simple, plein de cœur, et du bois dont on fait les meilleurs amis. Du reste, nous éprouvons tous une sympathie naturelle pour les visages où rayonne la joie; il n'y a que les égoïstes qui n'aiment pas les heureux. Céline, qui voulait faire briller son mari, le força de chanter au dessert. Il choisit une des plus belles chansons de Béranger, quoique le vieux poète ne fût déjà plus à la mode. Les oiseaux, réveillés au milieu de leur sieste, exécutèrent un joyeux accompagnement au-dessus de sa tête. Lucile chanta à son tour, sans se faire prier, des paroles qui n'étaient pas italiennes. On plaisanta comme plaisantent les honnêtes gens; on parla de tout, excepté du prochain et de la pièce nouvelle; on rit à cœur ouvert, et personne ne s'aperçut qu'il y avait un peu de fièvre dans la gaieté de la marquise. «Pourquoi M. d'Outreville n'est-il pas ici? disait Mme Jordy, on s'aime bien à deux; mais à quatre, c'est la concurrence!»

Vers deux heures, M. Jordy s'en fut à ses affaires, et les deux amies reprirent le cours de leurs confidences.

Céline parlait sans se lasser et sans s'apercevoir qu'elle faisait un monologue. Les femmes sont merveilleusement organisées pour les travaux microscopiques; elles excellent à détailler leurs plaisirs et leurs peines.

Lucile, émue, haletante, écoutait, apprenait, devinait et quelquefois aussi ne comprenait pas. Elle était comme un navigateur jeté par la tempête dans un pays enchanté, mais dont il n'entend pas la langue. L'heure du dîner approchait; Céline parlait encore, et Lucile écoutait toujours.

«Quant aux enfants, disait la jeune femme, écoute un peu le paragraphe que j'ai ajouté à mes prières: «Vierge sainte, si mon cœur vous semble assez pur, bénissez mon amour et obtenez que j'aie le bonheur d'avoir un fils pour lui enseigner la crainte de Dieu, le culte du bien et du beau, et tous les devoirs de l'homme et du chrétien.»

Ce dernier trait acheva la pauvre Lucile. Le torrent de larmes qu'elle retenait depuis longtemps rompit les digues, et son joli visage en fut inondé.

«Tu pleures! cria Céline. Je t'ai fait de la peine?

—Ah! Céline, je suis bien malheureuse! Maman m'a forcée de partir le soir de mon mariage, et je n'ai pas revu mon mari depuis le bal!

—Le soir? Depuis le bal? Miséricorde!»

Lucile raconta sommairement son histoire.

«Comment n'as-tu pas écrit à ton mari? demanda Céline.

—Je lui ai écrit.

—Quand?

—Il y a quatre jours.

—Eh bien! mon enfant, ne pleure plus: il arrivera ce soir.»

Au dîner, la table était élégante, la salle à manger claire et joyeuse, les derniers rayons du soleil couchant jouaient avec les stores et les jalousies, le petit vin paille riait dans les verres, et M. Jordy caressait d'un regard radieux le joli visage de sa femme; mais Céline conservait la gravité d'une matrone romaine, et je crois (Dieu me pardonne!) qu'elle dit vous à son mari.

La marquise repartit à dix heures. Céline et son mari la ramenèrent à sa voiture. En apercevant le cocher, Mme Jordy eut comme une inspiration subite:

«Pierre, dit-elle d'un ton indifférent, M. le marquis est-il arrivé?

—Oui, madame.»

La marquise se jeta dans les bras de son amie en poussant un cri.

«Qu'y a-t-il? demanda Robert.

—Rien,» dit Céline.

V

En recevant la lettre de Lucile, Gaston fit ce que tout homme aurait fait à sa place: il baisa mille fois la signature, et partit en poste pour Paris. La fortune, qui s'amuse de nous presque autant qu'une petite fille de ses poupées, le fit entrer à l'hôtel d'Outreville un mardi soir, deux semaines, jour pour jour, après son mariage. Avec un peu de bonne volonté, il pouvait s'imaginer que la première quinzaine de juin avait été un mauvais rêve, et qu'il s'éveillait, moulu de fatigue, aux côtés de sa femme. Pour cette fois, sa résolution était bien prise; il s'était armé de courage contre le despotisme maternel de Mme Benoît, et il se jurait à lui-même de défendre son bien jusqu'à l'extrémité.

Il n'avait pas encore ouvert la portière, que Julie entrait en criant chez Mme Benoît:

«Madame! madame! M. le marquis!»

La veuve, qui ne savait pas que sa fille eût écrit à Arlange, crut avoir partie gagnée. Elle répondit avec une joie mal contenue:

«Il n'y a pas de quoi crier: je l'attendais.

—Je ne savais pas, madame; et, à cause de ce qui s'est passé il y a quinze jours, je croyais que madame serait bien aise d'être avertie. Madame y est donc pour M. le marquis?

—Certainement! Allez! courez! de quoi vous mêlez-vous?

—Pardon, madame; mais c'est qu'on décharge les malles de M. le marquis. Est-ce qu'il va demeurer à l'hôtel?

—Et où voulez-vous qu'il demeure? Allez prendre soin de ses bagages.

—Pardon, madame; mais où faudra-t-il les porter?

—Où? sotte que vous êtes! dans la chambre de la marquise! Est-ce que la place d'un mari n'est pas auprès de sa femme?»

Gaston entra tout poudreux chez sa belle-mère, et son premier coup d'œil chercha Lucile absente. Mme Benoît, plus prévenante qu'aux meilleurs jours, répondit à ce regard:

«Vous cherchez Lucile? Elle dîne chez une amie; mais il est tard, vous la verrez avant une heure. Enfin, vous voici donc! Embrassez-moi, mon gendre; je vous pardonne.

—Ma foi! mon aimable mère, vous me volez le premier mot que je voulais vous dire. Que tous vos torts soient effacés par ce baiser!

—Si j'ai des torts, vous les aviez justifiés d'avance par cette incroyable manie dont vous êtes enfin corrigé! Vouloir vivre avec les loups à votre âge! Avouez que c'était de l'aveuglement et rendez grâces à celle qui vous a éclairé! N'êtes-vous pas mieux ici que partout ailleurs? et peut-on vivre une vie humaine hors de Paris?

—Pardon, madame, mais je ne suis pas venu à Paris pour y vivre.

—Et pour quoi donc faire? pour y mourir?

—Je n'y resterai pas assez longtemps pour que la nostalgie m'emporte. Je suis venu à Paris pour chercher ma femme et faire une visite indispensable.

—Vous comptez ramener ma fille à Arlange?

—Le plus tôt qu'il sera possible.

—Et elle vous accompagnera dans ce terrier?

—Il me semble qu'elle le doit.

—Lui commanderez-vous de vous suivre de par la loi, et votre amour se fera-t-il escorter de deux gendarmes?

—Non, madame; je renoncerais à mes droits s'il fallait les réclamer devant les tribunaux; mais nous n'en sommes pas là: Lucile me suivra par amour.

—Par amour de vous ou d'Arlange?

—De l'un et de l'autre, de la forge et du forgeron.

—Vous en êtes sur?

—Sans fatuité, oui.

—Nous verrons bien. Et peut-on savoir quelle est cette visite indispensable qui partage avec ma fille l'honneur de vous attirer à Paris?

—Ne vous faites point d'illusions; c'est une visite où vous ne pouvez pas venir avec moi.

—Chez quel mortel privilégié?

—Le ministre de l'intérieur.

—Le ministre! À quel propos? Y songez-vous? Si on le savait!

—On le saura. Il importe aux intérêts de la forge que je siège au conseil général. Une vacance se présente, et je veux prier le ministre de m'agréer comme candidat.

—Mais, malheureux, vous allez me brouiller avec tout notre parti!

—On ne se brouille qu'avec les gens que l'on connaît. Si vous m'aviez interrogé sur mes opinions politiques, je vous aurais répondu que je ne suis pas un homme d'opposition. D'ailleurs, il me semble que nous autres, grands propriétaires, nous n'avons pas lieu de nous plaindre: on ne fait rien que pour nous!

—Vous avez bien dit ce mot: «Nous autres, grands propriétaires!» On croirait, sur ma parole, que vous l'avez été toute votre vie!

—Comment donc, madame! mais je le suis de père en fils depuis neuf cents ans! Est-ce que vous en connaissez beaucoup de plus vieille date?

—Si nous jouons sur les mots, nous pourrons parler longtemps sans nous entendre. Écoutez. Il vous plaît de briguer des honneurs de province, soit. Cependant la forge a bien marché depuis quinze ans, quoique je n'aie jamais siégé au conseil général. Vous voulez vous présenter comme candidat ministériel; je crois que vous auriez mieux fait de demander les voix de nos amis, qui sont nombreux, riches et influents. Cependant je passerai encore là-dessus. Voyez si je suis clémente! Je viens de remporter une victoire sur vous; je vous ai forcé de venir à Paris, sur mon terrain...

—Dans ma maison.

—C'est juste. Oh! vous étiez né propriétaire; vous avez bientôt pris racine! Malgré tout, vous êtes venu ici parce que je vous y ai forcé; c'est une défaite; mais je ne prétends pas en tirer avantage. Voulez-vous signer la paix?

—Des deux mains!...si vous êtes raisonnable.

—Je le serai. Vous aimez Arlange, il vous tarde d'y retourner, et vous ne voulez pas y vivre sans votre femme, ce qui est fort naturel. Je vous rendrai Lucile pour que vous l'emmeniez à la forge.

—C'est tout ce que je demande: signons!

—Attendez! de mon côté, j'aime Paris comme vous aimez la forge, et le faubourg comme vous aimez Lucile. Si je n'entre pas une bonne fois dans le grand monde, je suis une femme morte. Vous coûterait-il beaucoup, pendant que vous êtes ici, tout porté, de présenter votre femme et moi dans huit ou dix maisons de vos amis, et de nous montrer un petit coin de ce paradis terrestre dont j'ai toujours été exclue par...

—Par le péché originel! Cela me coûterait beaucoup et ne vous servirait de rien. Je ne vous répéterai pas que j'ai contre le faubourg une vieille rancune qui me défend absolument d'y remettre les pieds: vous croyez avoir assez de droits sur moi pour réclamer l'oubli de mes répugnances et le sacrifice de mon amour-propre. Mais pouvez-vous exiger que j'expose pour vous tout l'avenir de Lucile? Je lui réserve, loin de Paris, un bonheur modeste, égal, sans éclat, sans bruit, et d'une riante uniformité. Nous avons, si Dieu nous prête vie, trente ou quarante ans à passer ensemble dans un horizon étroit, mais charmant, sans autres événements que la naissance et le mariage de nos enfants. Un tel bonheur suffit à son ambition, elle me l'a dit. Qui m'assure que la vue d'un pays où tout est parade et vanité ne lui tournera pas la tête? que ses yeux, éblouis par l'éclat des lustres et des girandoles, pourront s'accoutumer à la douce lumière de la lampe qui doit éclairer tous nos soirs? que ses oreilles, assourdies par le fracas du monde, sauront toujours entendre les voix de nos forêts et la mienne? En ce moment, elle est encore la Lucile d'autrefois; elle s'ennuie mortellement à Paris...

—Qu'en savez-vous?

—J'en suis sûr. Mais je ne sais pas si dans six mois elle penserait comme aujourd'hui. Il ne faut qu'un bal pour changer le cœur d'une jeune femme, et dix minutes de valse peuvent causer plus de bouleversements qu'un tremblement de terre.

—Vous croyez? Eh bien, soit. Lucile est à vous, gouvernez-la comme vous l'entendez. Mais moi! Écoutez bien: ceci est mon ultimatum, et si vous le repoussez, je romps les conférences! Qui vous empêcherait de me présenter, je ne dis pas dans tout le faubourg, mais dans cinq ou six maisons de votre connaissance?

—Sans ma femme! Croyez-moi, ma chère Mme

Benoît, attachons-nous chacun une pierre au cou, et jetons-nous ensemble à la rivière, cela sera tout aussi sage. Toute l'aristocratie vous connaît comme elle a connu votre père. On sait votre ambition persévérante; vous êtes déjà la fable du faubourg, c'est le baron qui me l'a écrit, et son témoignage n'est pas récusable. On dit que vous avez acheté de vos millions le plaisir de naviguer dans le monde à la remorque d'une marquise. Si je vous présentais aujourd'hui, on compterait demain les visites que nous avons faites, et l'on calculerait, à un centime près, la somme que chacune m'a rapportée. Qu'en dites-vous? Fussiez-vous assez jeune pour vouloir jouer un pareil jeu, je ne suis pas assez philosophe pour vous servir de partenaire. Je pars demain pour Arlange avec ma femme; je vous offre, en bon gendre, une place dans la voiture, et c'est tout ce que le sens commun me permet de faire pour vous.»

Mme Benoît était violemment tentée d'arracher les yeux à ce modèle des gendres, mais elle cacha son dépit. «Mon ami, dit-elle, vous avez passé trente heures en chaise de poste, vous êtes las, vous avez sommeil, et j'ai été mal inspirée de vouloir convertir un homme encore botté. Vous serez plus accommodant quand vous aurez dormi. Attendez-moi dans ce fauteuil, et souffrez que j'aille pourvoir à votre repos. Je suis à vous!»

Elle sortit en souriant et courut comme une tempête à la chambre de sa fille. Je ne sais si elle ouvrit la porte, ou si elle l'enfonça, tant son entrée fut violente. Elle saisit rudement le bras de Julie, qui dépliait une taie d'oreiller: «Malheureuse, s'écria-t-elle, que faites-vous?

—Mais, madame, ce que madame m'a dit.

—Vous êtes folle! vous ne m'avez pas comprise. Laissez cela et déménagez-moi tous ces bagages. A-t-on jamais vu chose pareille? Les malles d'un garçon dans la chambre de ma fille!

—Pardon, madame, mais...

—Il n'y a pas de mais, et l'on vous pardonnera quand vous aurez obéi. Emportez! emportez!

—Mais où, madame?

—Où vous voudrez; dans la rue, dans la cour! Non, tenez: dans ma chambre!

—Madame donne son appartement? Mais où faudra-t-il faire le lit de madame?

—Ici, sur ce divan, dans la chambre de la marquise. Pourquoi faites-vous l'étonnée? Est-ce que la place d'une mère n'est pas auprès de sa fille?»

Elle laissa la femme de chambre à sa besogne et à sa surprise, et redescendit en se disant tout bas: «Le marquis n'est venu que pour me braver: il n'en aura pas la joie. Je veux aller dans le monde à sa barbe: Mme de Malésy m'y aidera; nous ferons voir à ce forgeron endiablé qu'on peut se passer de lui. Mais il ne faut pas que je le laisse séduire ma fille! Il l'emporterait à Arlange, et alors, adieu le faubourg!»

Au même instant, Pierre demandait la porte, et la marquise, ivre d'espérance, sautait légèrement du marchepied dans la maison. Mme Benoît fut au salon avant elle; elle ne craignait rien tant que la première entrevue, et il importait qu'elle fût là pour arrêter l'expansion de ces jeunes cœurs. Lucile croyait tomber dans les bras de son mari; ce fut sa mère qui la reçut: «Te voilà donc, chère petite! lui dit-elle avec sa volubilité ordinaire et une tendresse plus qu'ordinaire. Comme tu es restée longtemps! Je commençais à m'inquiéter. Mon cœur est suspendu à un fil lorsque je ne te sens pas auprès de moi. Chère belle, il n'y a en ce monde qu'une affection désintéressée: l'amour d'une mère pour son enfant. Comment as-tu passé la journée? Te trouves-tu mieux que ces temps derniers? Voyez, monsieur, comme elle est changée! Votre conduite lui a fait bien du mal. Elle a besoin des plus grands managements; les émotions violentes lui sont fatales, votre vue seule la fait pâlir et rougir à la fois. Mais vous-même, mon cher marquis, savez-vous que je ne vous reconnais plus? Vous prétendez que l'air d'Arlange vous est bon; on ne le dirait pas à vous voir. Vous n'êtes plus ce brillant seigneur d'Outreville qu'on m'a présenté il y a deux mois. Après tout, il faut faire la part de la fatigue: pauvre garçon! cent lieues en poste, tout d'une haleine! C'est de quoi briser un homme plus solide que vous. Heureusement, une bonne nuit va tout réparer. Il y a ici près un excellent lit qui vous attend, dans ma chambre que je vous cède.

—Mais, madame... murmura timidement Gaston.

—Pas d'objections et pas de façons avec moi! Sacrifier tout à nos enfants, c'est notre bonheur, à nous autres mères. Du reste, je dormirai fort bien sur un lit de camp, près de ma chère Lucile, dont la santé réclame tous mes soins. Nous devrions déjà être couchées. Allons, bel endormi, dites bonsoir à votre femme, et venez lui baiser la main: il me semble que vous ne lui faites pas trop d'accueil!»

Ni Gaston ni Lucile ne furent dupes de ce discours, mais ils en furent victimes; l'impudence réussit presque toujours avec les jeunes gens, parce qu'ils éprouvent une sorte de honte à réfuter un mensonge. Dans la circonstance présente, une autre espèce de délicatesse paralysait le courage de Lucile et de Gaston. Ces cœurs honnêtes auraient cru manquer à la pudeur en affrontant le mauvais vouloir de Mme Benoît. Gaston lui-même, après toutes les vigoureuses résolutions qu'il avait prises, n'osa ni se prévaloir de ses droits, ni faire appel aux sentiments de sa femme: il fut aussi timide que Lucile, peut-être plus. Quelle que soit la hardiesse que l'on attribue à notre sexe, il n'est pas moins vrai que les hommes bien nés sont, en amour, plus farouches que des jeunes filles. Il suffit de la présence d'un tiers pour glacer la parole sur leurs lèvres et refouler jusqu'au fond de leur âme une passion qui débordait.

Mme Benoît dressa un plan de campagne qui n'aurait jamais réussi sans l'empire qu'elle avait pris sur sa fille, et surtout sans la fière timidité de Gaston. Pendant toute une semaine, elle parvint à tenir séparés deux êtres qui s'adoraient, qui s'appartenaient, et qui dînaient ensemble tous les soirs. Ce qu'elle dépensa de turbulence pour étourdir sa fille et d'effronterie pour intimider son gendre fait une somme incalculable. Tous les jours elle imaginait un prétexte nouveau pour entraîner Lucile dans Paris, et laisser le marquis à la maison. Elle se cramponnait à sa fille, elle ne la quittait qu'à bon escient, lorsque Gaston était sorti. À voir son zèle et sa persévérance, vous auriez dit une de ces mères jalouses qui ne peuvent se résigner à partager leur fille avec un mari.

Sa première idée était simplement de punir son gendre et de lui infliger à son tour les ennuis d'une passion malheureuse. Le succès de ses calculs lui rendit ensuite un peu d'espoir: elle pensa que Gaston finirait par s'avouer vaincu et offrirait spontanément de la conduire dans le monde. Mais le marquis prenait son veuvage en patience: il écrivait à Lucile, il en recevait quelques billets écrits à la dérobée; il combinait avec elle un plan d'évasion. Grâce à la surveillance de Mme Benoît, ces deux époux unis par la loi et par la religion en étaient réduits à des stratagèmes d'écoliers. La cérémonie quotidienne du baisemain, autorisée et présidée par la belle-mère, couvrait l'échange de cette correspondance que Mme Benoît ne devina jamais. Lasse enfin d'attendre inutilement la conversion de son gendre, elle revint à ses premiers projets et retourna les yeux vers Mme de Malésy. Elle avait appris chez sa couturière que la marquise de Croix-Maugars allait donner une fête dans son jardin pour l'anniversaire de son mariage. Toute la noblesse présente à Paris s'y trouverait réunie, car les bals sont rares au juin, et lorsqu'on rencontre l'occasion de danser sous une tente, on en profite. Par une rencontre providentielle, Gaston avait précisément obtenu une audience du ministre pour le , à onze heures du matin. La veuve profita de l'absence forcée de son gendre pour laisser Lucile au logis, et elle courut chez la vieille comtesse.

«Madame, lui dit-elle à brûle-pourpoint, vous me devez huit mille francs, ou peu s'en faut...

—Plaît-il? demanda la comtesse qui entendait rarement de cette oreille-là.

—Je ne viens ni vous les réclamer ni vous les reprocher.

—À la bonne heure.

—Je tiens si peu à l'argent, que non seulement je renonce à cette somme, mais encore je ferais au besoin d'autres sacrifices pour arriver à mon but. Je veux être reçue au faubourg avec la marquise ma fille, et sans retard. C'est demain que Mme de Croix-

Maugars donne son bal: vous êtes sa mère, elle n'a rien à vous refuser: serait-ce abuser des droits que j'ai acquis à votre bienveillance que de vous demander deux lettres d'invitation?»

Les petits yeux brillants de la comtesse s'arrondirent en clous de fauteuil. Elle sourit au discours de la veuve comme un mineur à un filon d'or.

«Hélas! petite, dit-elle en larmoyant, on vous a bien exagéré mon crédit. Ma fille est ma fille, je n'en disconviens pas; mais elle est en puissance de mari. Connaissez-vous Croix-Maugars!

—Si je le connaissais, je n'aurais pas besoin...

—C'est juste. Eh bien, chère enfant, il me suffit de lui demander un service pour obtenir un refus. Je suis la plus malheureuse femme de Paris. Mes créanciers s'acharnent contre moi, quoique je ne leur aie jamais rien fait. Mon gendre est un homme; il devrait me protéger: il m'abandonne. Qu'est-ce que je lui demandais avant-hier? Un peu d'argent pour payer le Bon Saint Louis, qui a tant dégénéré depuis votre père! Il m'a répondu que sa fête serait magnifique, et que sa bourse était à sec. Je ne sais où donner de la tête. Comment avez-vous le cœur de venir parler de bal et de plaisir à une pauvre désespérée comme moi? Tout cela finira mal; je serai saisie, on vendra mes meubles...» Ici la comtesse se tut, et laissa parler ses larmes. «Excusez-moi, reprit-elle. Vous voyez que je ne suis guère en état de recevoir des visites; mais j'aurai toujours du plaisir à vous voir: vous me rappelez mon bon Lopinot. Ah! s'il était encore de ce monde!... Revenez un de ces jours, nous causerons, et si je suis encore bonne à quelque chose, je m'emploierai à vous servir.»

Aux premières larmes de la comtesse, Mme Benoît avait résolument tiré son mouchoir. Elle se dit: «Puisqu'il faut pleurer, pleurons. Après tout, les larmes ne me coûtent pas plus qu'à elle!» La sensible veuve ajouta tout haut: «Voyons, madame la comtesse, un peu de courage! Il n'y a pas là de quoi abattre un cœur comme le vôtre. Vous devez donc beaucoup d'argent à ce méchant Saint-Louis?

—Hélas! petite: quinze cents francs!

—Mais c'est une misère!

—Oui, c'est une grande misère! s'appeler la comtesse de Malésy, être mère de la marquise de Croix-Maugars, tenir le premier rang dans le faubourg, avoir l'entrée de tous les salons pour soi et ses amis, et ne pouvoir payer une somme de quinze cents francs! Je vous fais de la peine, n'est-ce pas? Adieu, mon enfant, adieu. Mon chagrin redouble à vous voir pleurer; laissez-moi seule avec mes ennuis!

—Voulez-vous permettre que je passe au Bon saint Louis? Je me charge d'arranger l'affaire.

—Je vous le défends!... ou plutôt, si: allez-y. Ces gens-là sont vos successeurs: vous vous entendrez avec eux mieux que moi. D'ailleurs ils sont de votre caste; les marchands ne se mangent pas entre eux. Vous êtes heureux, vous autres; on vous donne pour cent écus ce qui nous en coûte mille. Allez au Bon saint Louis.

Je parie, friponne, que vous achèterez la créance sans bourse délier; et c'est à vous que je devrai quinze cents francs!

—C'est dit, madame la comtesse; et comme un service en vaut un autre...

—Oui; je vous rendrai tous les services qui sont en mon pouvoir. Mais décidément j'aime mieux que vous ne fassiez pas ma paix avec ces boutiquiers. Qu'est-ce que j'y gagnerais? On saurait bientôt qu'ils sont payés, et j'aurais affaire à tous les autres. Ma pauvre belle, je dois à Dieu et au diable.

—Combien?

—Ah! combien! Je n'en sais plus rien moi-même. Ma mémoire s'en va. Mais j'ai ici des factures. Voyez: le pâtissier de la rue de Poitiers réclame cinq cents francs pour une demi-douzaine de poulets que j'ai fait monter chez moi et quelques malheureux gâteaux que j'ai grignotés dans sa boutique. Comme vous nous exploitez!

—Je lui dirai deux mots.

—Oui, dites-lui qu'il devrait avoir honte, et que je ne veux plus entendre parler de lui.

—Soyez tranquille.

—Voici maintenant maître Majou qui demande le prix d'une pièce de vin ordinaire.

—C'est une bagatelle: donnez-moi ce papier-là.

—Mille francs.

—Diantre! votre ordinaire n'est pas à dédaigner.

—Tenez: voici la note d'un bien honnête homme; je suis sûre que vous vous arrangeriez avec lui. C'est le tapissier qui a remis ces meubles à neuf. Il me demande mille écus, mais si l'on savait le prendre, on obtiendrait quittance pour presque rien.

—J'essayerai, madame la comtesse.» Elle prit les quatre factures et les plia soigneusement. «Il est midi, poursuivit-elle: je vais de ce pas mettre ordre à vos affaires. Mais maintenant que vous avez l'esprit plus libre, n'irez-vous pas essayer l'effet de votre éloquence sur le marquis de Croix-Maugars?

—Oui, petite, j'irai. Mais j'ai l'esprit moins libre que vous ne croyez. Je ne vous ai pas dit tous mes chagrins.» Elle ouvrit un tiroir de sa table à ouvrage et prit un portefeuille bourré de papiers. «Vous allez apprendre bien d'autres misères!

—Tout beau! pensa Mme Benoît. Va pour six mille francs, quoique ce soit un bon prix pour un simple passe-port à l'intérieur du faubourg. Mais la vieille dame s'est mise en goût; l'appétit lui vient, et si je n'y mets le holà, elle me priera de lui acheter, en passant, le Louvre et les Tuileries!» La veuve reposa sur la table les factures qu'elle avait prises, et dit d'une voix émue: «Hélas! madame, je crains fort que vous n'ayez raison, et que vos chagrins ne soient sans remède!

—Mais non! mais non! répliqua vivement la comtesse. Je suis sûre de me tirer d'embarras un jour ou l'autre. Vous m'avez rendu le courage, et je me sens toute ragaillardie. Je serai chez ma fille dans une heure; le temps de passer une robe! J'aurai une carte d'invitation au nom de la marquise d'Outreville. Il ne vous en faut pas deux; vous entrerez avec votre fille: je veux éluder ce nom de Benoît qui gâterait tout. Pendant que je m'occupe de vous, allez chez vos marchands avec les factures, et terminez cette petite spéculation, qui a l'air de vous sourire. Rendez-vous ici à trois heures précises, et nous échangerons nos pouvoirs comme deux ambassadeurs.»

M. de Croix-Maugars fit la grimace en voyant entrer sa belle-mère. La comtesse était si terriblement besogneuse qu'on redoutait son apparition comme l'arrivée d'une lettre de change. Mais lorsqu'on sut qu'elle ne demandait pas d'argent, on n'eut plus rien à lui refuser. Le marquis lui remit en souriant un carré de carton satiné dont il était loin de connaître la valeur; c'était la quatrième fois depuis un an qu'il lui payait ses dettes.

Mme Benoît, joyeuse comme un matelot qui rentre au port, courut chez son notaire, revint chez les créanciers et paya sans marchander. Le tapissier accommodant dont la comtesse avait fait l'éloge était ce farouche Bouniol, qui avait forcé sa porte huit jours auparavant. À trois heures, Mme de Malésy empocha les quittances, et la veuve courut à son hôtel avec la précieuse invitation. Elle ne la confia point à ses poches, elle la garda à la main, elle la contempla, elle lui sourit. «Enfin! disait-elle, voici mes lettres de naturalisation; je suis citoyenne du faubourg. Pourvu que d'ici à demain je ne tombe pas malade!»

Elle se souvint alors que Lucile était seule depuis onze heures, et que le marquis avait eu le temps de l'entretenir en tête-à-tête. Cette idée, qui l'eût exaspérée la veille, lui parut presque indifférente. Le bonheur la réconciliait avec le monde entier et avec Gaston: un homme ivre n'a plus d'ennemis.

En descendant de voiture, elle aperçut dans la cour une ancienne victime de son comportement, le candide Jacquet.

«Viens ici, mon garçon! lui dit-elle. Approche, ne crains rien: tu es pardonné. Tu veux donc rentrer à mon service?

—Oh! merci bien, madame. Monsieur le marquis m'a présenté dans une maison.

—Le marquis t'a présenté? Tu as du bonheur, toi!

—Oui, madame, je gagne cinquante francs par mois.

—Je t'en fais mon compliment. C'est tout ce que tu avais à me dire?

—Non, madame; je viens vous apporter deux lettres.

—Donne donc!

—Un petit moment, madame; je les cherche sous la coiffe de mon chapeau. Les voici!»

L'une de ces lettres était de Gaston, l'autre de Lucile. Gaston disait:

Ma charmante mère,

Dans l'espoir que l'amour maternel vous arrachera de ce Paris que vous aimez trop, j'emmène votre fille à Arlange. Puissiez-vous venir bientôt nous y rejoindre!

«Qui est-ce qui t'a donné cela?» demanda Mme Benoît à Jacquet. Mais Jacquet avait fui, comme un oiseau devant l'orage. Elle décacheta vivement la lettre de sa fille et trouva trois pages d'excuses qui se terminaient par ces mots: «La femme doit suivre son mari.»

Je ne veux pas médire du cœur humain, mais la veuve, après avoir lu ces deux lettres, ne pensa ni à l'abandon de sa fille, ni à la trahison de son gendre, ni à l'isolement où on la laissait, ni à la rupture de tous les liens qui l'attachaient à sa famille. Elle pensa qu'elle venait d'acheter une invitation, que cette invitation était au nom d'Outreville, qu'elle ne pouvait servir à Mme Benoît, et qu'on danserait sans elle à l'hôtel de Croix-Maugars.

Le marquis d'Outreville, confiant dans son bon droit et sûr de l'amour de Lucile, ne craignait pas d'être poursuivi par sa belle-mère. La fuite des deux époux fut une promenade d'amoureux. On voyageait un peu le matin, un peu le soir; on choisissait les gîtes; on s'arrêtait, comme deux connaisseurs dans un salon de peinture, à tous les frais paysages; on descendait de voiture, on suivait les sentiers, on entrait, bras dessus bras dessous, dans les bois; on se perdait souvent, on se retrouvait toujours. Lucile, aussi marquise qu'une femme peut l'être, et reconnue en cette qualité par tous les hôteliers de la route, parcourut en trois semaines le chemin qu'avec sa mère elle avait dévoré en vingt-quatre heures: cependant le second voyage lui parut plus court que le premier.

L'arrivée des deux époux fut une fête dans Arlange: Lucile était adorée de tous ses vassaux. Les anciens du pays et les doyens de la forge vinrent lui dire en leur patois qu'ils avaient trouvé le temps long après elle; les compagnes de son enfance se présentèrent gauchement pour lui apporter le bonjour: elle les reçut dans ses bras. Elle remboursa largement la bonne grosse monnaie d'amitié que ces braves gens dépensaient pour elle; elle s'informa des absents; elle demanda des nouvelles des malades; elle fit rayonner dans tout le village la joie dont son cœur était plein.

Ce tribut une fois payé aux souvenirs du premier âge, elle comptait se retrancher dans la forge avec Gaston, fermer la porte à toutes les visites, et vivre d'amour au fond de sa retraite. Les enfants ont l'imprévoyance de ces sauvages de l'Amérique qui coupent l'arbre par le pied et mangent tous les fruits en un jour. Mais le marquis, depuis son mariage, avait fait des réflexions sérieuses et deviné le grand secret de la vie domestique: l'économie du bonheur. Il savait que la solitude à deux, ce rêve des amants, doit épuiser rapidement les cœurs les plus riches, et que si l'on se dit tout en un jour, il faut bientôt se répéter ou se taire. Si tous les jeunes époux n'avaient pas l'habitude de gaspiller leur bonheur, la lune de miel, que l'univers accuse d'être trop courte, aurait plus de quatre quartiers. Gaston se sentait assez de tendresse dans l'âme pour faire durer son bonheur autant que sa vie, mais à condition de le ménager. Il amena doucement Lucile à partager son temps entre l'amour, le travail et même l'ennui, ce voisin salutaire qui ajoute tant de charmes au plaisir. Il l'intéressa à ses études et à ses recherches; il lui persuada de faire et de recevoir des visites; il eut l'héroïsme de la conduire chez la baronne de Sommerfogel! Il se joignit à elle pour prier M. et Mme Jordy de venir passer à la forge les premières vacances qu'ils pourraient prendre; il lui dicta cinq ou six lettres destinées à adoucir Mme Benoît et à la ramener.

Ces marques de soumission filiale ne firent qu'exaspérer le courroux de la veuve. Elle n'était pas loin de se croire offensée par des excuses vaines qui n'avaient pas la vertu de lui ouvrir le moindre salon. Si elle avait dû oublier un instant ce qu'elle appelait la trahison de sa fille, l'invitation du marquis de Croix-Maugars, qu'elle portait sur elle, la lui aurait remise sous les yeux. Elle devint misanthrope comme tous les esprits faibles lorsqu'ils croient avoir à se plaindre de quelqu'un. Elle prit en haine l'univers entier, et même son ancien paradis, le faubourg Saint-Germain: il lui semblait que l'aristocratie de Paris conspirait contre elle, et que le marquis d'Outreville était le chef du complot. Si elle ne disait pas un éternel adieu au théâtre de ses mécomptes, c'était pour ne pas s'avouer vaincue. Elle persistait à frayer avec la noblesse, mais uniquement pour la braver de plus près: elle voulait fouler les tapis de la rue de Grenelle comme Diogène foulait aux pieds le luxe de Platon! Elle ne revit ni Mme de Malésy ni ses autres débiteurs, excepté le baron de Subressac. Ce n'était pas qu'elle espérât de lui aucun service: elle s'était croisé les bras et n'attendait plus rien que du hasard. Mais le baron lui témoignait du bon vouloir, et c'est quelque chose, faute de mieux, que l'amitié d'un baron.

M. de Subressac était très vieux à soixante-quinze ans: à vingt-cinq, il avait été particulièrement jeune, il avait dépensé, sans compter, sa vie et sa fortune, et ses aventures d'autrefois défrayaient encore les conversations intimes des douairières du faubourg. Malheureusement pour sa vieillesse, il avait oublié de se marier à temps, et il s'était condamné à la solitude, cette froide compagne des vieux garçons. Relégué à un quatrième étage avec six mille livres de rentes viagères, entre un valet de chambre et une cuisinière qui le servaient par habitude, il haïssait le logis et vivait dehors. Tous les jours, après déjeuner, il faisait sa toilette avec la coquetterie minutieuse d'une femme qui prend de l'âge. On a prétendu qu'il mettait du rouge, mais le fait ne paraît pas bien avéré. Une fois habillé, il faisait à petits pas cinq ou six visites, bien reçu partout, et invité à dîner sept fois par semaine. On l'aimait pour le soin qu'il prenait de lui-même et des autres: il avait pour les femmes de tout âge des attentions exquises que la jeune génération ne connaît plus. Indépendamment de ce mérite, le sexe récompensait en lui trente années de loyaux services, comme un souverain donne les Invalides au soldat vieilli sous le harnois. Je ne parle pas de cinq ou six aïeules vénérables chez lesquelles il trouvait cette amitié plus étroite qui est comme de l'amour cristallisé. Grâce aux bons sentiments qu'il avait semés sur sa route, il était aussi heureux qu'on peut l'être à soixante-quinze ans lorsqu'on est forcé d'aller chercher le bonheur hors de chez soi.

Il n'avait pas d'infirmités, mais dès l'hiver de , ses amis les plus intimes commencèrent à s'apercevoir qu'il baissait. Il n'était plus aussi éveillé à la conversation; il avait des absences. Sa parole semblait moins vive et sa langue moins déliée. Enfin, symptôme plus grave, il ne savait plus résister au sommeil. Un soir, après dîner, chez le marquis de Croix-Maugars, il s'endormit sur sa chaise. Mme de Malésy, un de ses caprices de , s'en aperçut la première et cita à ce propos un dicton menaçant: «Jeunesse qui veille, vieillesse qui dort, présages de mort.» En avril , le baron fut pris d'un étourdissement devant la caserne de la rue Bellechasse; il serait tombé sur le pavé sans un brigadier de chasseurs qui le retint dans ses bras. Cette circonstance lui fit vivement sentir le regret d'une voiture: on était toujours heureux de recevoir ses visites, mais on ne le faisait pas prendre chez lui. Mme Benoît fut la première qui eut pour lui des soins si délicats. Soit qu'elle l'attendît, soit qu'il prît congé d'elle, elle n'oubliait jamais de mettre à sa disposition la plus douce de ses voitures et les coussins les plus moelleux. Elle se montra plus attentive que les vieilles amies, et n'en soyez point étonné: il était pour elle une espérance, pour les autres un souvenir. Le jour où elle n'attendit plus rien de lui, après le départ de Lucile, elle ne diminua rien de ses attentions, bien au contraire. Elle éprouvait un plaisir amer à combler le seul gentilhomme qui fût de ses amis. Elle disait en elle-même: «Les imbéciles! voilà pourtant comme je les aurais choyés tous!» Le baron se prit d'une amitié véritable pour celle qui le traitait si bien. Les vieillards sont comme les enfants: ils s'attachent par instinct à ceux qui prennent soin de leur faiblesse. Il la fit profiter des loisirs que la saison lui laissait; pendant qu'une grande moitié du faubourg courait à la campagne pour se reposer des plaisirs de l'hiver, il prit ses quartiers dans la rue Saint-Dominique, et vint presque tous les jours dîner en bourgeoisie. Le repas était commandé pour lui: on lui servait les plats qu'il aimait. Il mangeait lentement: Mme Benoît prit exemple sur lui, pour n'avoir pas l'air de l'attendre. Il aimait les vieux vins: elle lui servit la crème de sa cave. Au dessert elle lui contait ses doléances, et il l'écoutait. Il en vint à la plaindre sérieusement de ses maux imaginaires. Elle pleurait, et, comme les larmes sont contagieuses, il pleurait avec elle. Trois mois après le départ de Lucile, il était de la maison. Il s'était acoquiné à cette vie facile et grasse et à ces plaisirs tranquilles qui ne lui coûtaient qu'un peu de compassion. Un soir, c'était vers la fin de septembre, il dit à Mine Benoît:

«Je ne suis plus bon à rien, ma pauvre charmante: je ressemble à une vieille tapisserie qui montre partout la corde, et dont le dessin est aux trois quarts effacé; mais, tel que je suis, je peux encore vous donner ce que vous avez souhaité toute la vie: voulez-vous être baronne? Ce n'est pas un mari que je vous propose, ce n'est qu'un nom. À votre âge, et faite comme vous voilà, vous mériteriez mieux; mais j'offre ce que j'ai. Quelque chose me dit que je ne vous ennuierai pas longtemps, et que ma vieillesse sera tôt finie; je crois même que nous ferons bien de nous hâter, si vous voulez devenir Mme de Subressac. J'ai beaucoup de relations dans le faubourg; on m'aime un peu partout: que j'aie seulement le temps de vous présenter à mes amis! Après ma mort, ils continueront à vous recevoir pour l'amour de moi. Alors rien ne vous empêchera, si le cœur vous en dit, de choisir un homme de votre âge, qui sera votre mari en vérité et non plus en effigie. Méditez cette proposition: prenez huit jours pour réfléchir, prenez-en quinze, je suis encore bon pour quinze jours. Écrivez à vos enfants; peut-être la crainte de ce mariage les décidera-t-elle à faire ce que vous voulez. Pour moi, quoi qu'il arrive, je mourrai plus tranquille si j'ai la consolation d'avoir contribué à votre bonheur.»

Mme Benoît n'était nullement préparée à ces ouvertures; cependant elle ne perdit pas deux jours en réflexions. Une heure après le départ du baron, son parti était pris. Elle se dit: «J'ai juré que je ne me remarierais pas; mais auparavant j'avais juré d'entrer au faubourg. Cette fois, du moins, je suis sûre de n'être point battue par mon mari! J'épouse le baron, je dénature ma fortune, et je déshérite la marquise de tout ce qu'il me sera possible de lui enlever: à l'ouvrage!»

Elle fit porter sa réponse à M. de Subressac, et dès le lendemain, sans écrire à ses enfants, elle hâta les apprêts de son mariage. Jamais amant passionné ne courut plus ardemment à ses noces: c'est que Mme Benoît épousait bien mieux qu'un homme, elle épousait le faubourg! Une légère indisposition de M. de Subressac l'avertit qu'elle n'avait pas de temps à perdre: elle prit des ailes et déploya plus d'activité qu'aux approches du mariage de sa fille. Tandis que le baron était retenu dans la chambre, la fiancée courait de la mairie à l'étude du notaire, et de l'étude à la sacristie. Elle trouvait encore le temps de voir son cher malade et de causer avec le médecin. La cérémonie était fixée au octobre. Le , M. de Subressac, qui allait mieux, se plaignit d'une pesanteur à la tête; le docteur parla de le saigner; Mme Benoît le fit taire; la saignée fut remise au lendemain, le mal de tête se dissipa, et les futurs époux dînèrent ensemble de bon appétit.

Le mois d'octobre fut charmant en : on se serait cru aux premiers jours de septembre, et le soleil donnait au calendrier un éclatant démenti. Les vendanges furent belles dans toute la France, et même en Lorraine. Tandis que Mme Benoît poursuivait ardemment sa baronnie, sa fille et son gendre jouissaient de l'automne dans la compagnie de leurs amis. M. et Mme Jordy avaient quitté leurs affaires pour venir passer trois semaines à Arlange. Mme Mélier les garda huit jours et leur permit ensuite d'habiter la forge. Une étroite amitié s'était établie entre le raffineur et le forgeron. Ils chassaient tous les jours ensemble, tandis que leurs femmes cousaient une layette de prince. Robert appelait la marquise Lucile et Gaston disait Céline à Mme Jordy. Le jour même où le marquis devait gagner un beau-père et perdre une fortune, les deux couples, éveillés au petit jour, s'embarquèrent ensemble dans un char à bancs solide, à l'épreuve de toutes les ornières de la forêt. La rosée en grosses gouttes étincelait dans les herbes, les feuilles jaunies descendaient en tournoyant dans l'air et venaient se coucher au pied des arbres. Les rouges-gorges familiers suivaient de branche en branche la course de la voiture; la bergeronnette courait en hochant la queue jusque sous les pieds des chevaux. De temps en temps un lapin effarouché, les oreilles couchées en arrière, passait comme un éclair au travers de la route. L'air piquant du matin colorait le visage des jeunes femmes. Je ne sais rien de charmant comme ces frissons de l'automne entre les chaleurs accablantes de l'été et les glaces brutales de l'hiver. Le chaud nous énerve, le froid nous raidit; une douce fraîcheur raffermit les ressorts du corps et de l'esprit, stimule notre activité et redouble le bonheur de vivre.

Après une longue promenade, qui ne parut longue à personne, les quatre amis descendirent de voiture. Lucile qui commandait l'expédition, les conduisit à une belle place verte, sous un grand chêne, auprès d'une petite source encadrée de cresson. Mme Jordy s'établit commodément sur l'herbe des bois, plus fine et plus moelleuse que les meilleures fourrures, tandis que son mari vidait les coffres du char à bancs et que le marquis allumait un grand feu pour le déjeuner; Lucile y jetait des brassées de feuilles sèches et des poignées de branches mortes; puis Robert découpa les perdreaux froids, et la marquise employa tous ses talents à faire une magnifique omelette. Puis on mit le café auprès du feu, à distance respectueuse, en recommandant au marquis de ne pas le laisser cuire. Alors commença un de ces tournois d'appétit qui seraient ridicules à la ville et qui sont délicieux à la campagne; et lorsqu'un gland tombait dans un verre, on riait à tout rompre, et l'on trouvait que le vieux chêne avait beaucoup d'esprit.

Il n'était pas loin de midi lorsqu'on livra la table aux laquais et au cocher. Les deux jeunes femmes prirent un sentier qu'elles connaissaient de longue date, marchèrent d'un pas gaillard jusqu'à la lisière du bois, et jetèrent leurs maris en pleine vendange dans les vignes de Mme Mélier.

Un doux soleil éclairait les feuilles pourpres de la vigne. Les ceps robustes enfonçaient dans le sol leurs racines noueuses, comme un enfant vigoureux se cramponne au sein de sa nourrice. La belle terre rouge, légèrement détrempée par l'automne, s'attachait aux pieds des vendangeurs, et chacun d'eux emportait un petit arpent à sa chaussure. Deux chariots chargés de larges cuves attendaient au bas du coteau, et d'instant en instant un vigneron courbé sous le poids venait y verser sa hotte pleine. Un peu plus loin, deux bambins de six ans surveillaient d'un air affamé le repas des vendangeurs. Une énorme soupe aux choux lançait en bouillonnant ses vapeurs succulentes; les pommes de terre cuisaient sous la cendre, et le lait caillé attendait son tour dans les jarres de grès bleu. Le regard des deux enfants disait avec une certaine éloquence: «Oh! des pommes de terre bien chaudes, avec du lait caillé bien froid!»

Les vendangeuses en jupon court chantaient du haut de leur tête une poésie champêtre. Cette bruyante gaieté profite au maître de la vigne: «Bouche qui mord à la chanson ne mord pas à la grappe.»

Le même jour, Mme Benoît monta, à dix heures du matin, dans le célèbre carrosse qu'on venait enfin de terminer, mais en changeant les armes. Avant de gravir l'escalier de velours qui servait de marchepied, elle lorgna complaisamment le tortil du baron et l'écusson des Subressac. Contrairement à l'usage, c'était la mariée qui allait chercher son mari. Elle monta d'un pas léger jusqu'au quatrième étage, sonna vivement, et se trouva face à face avec deux serviteurs en larmes: le baron était mort subitement pendant la nuit. La pauvre mariée éprouva la douleur foudroyante de Calypso lorsqu'elle apprit le départ d'Ulysse. Elle voulut voir ce qui restait du baron: elle toucha sa main froide, elle s'assit auprès de son lit, accablée, stupide et sans larmes. En voyant ce désespoir, le vieux valet de chambre, qui savait la liste des amours de son maître, se dit que personne ne l'avait aimé comme Mme Benoît.

Ce fut Mme Benoît qui pourvut aux funérailles du baron. Elle assura l'avenir de ses vieux domestiques en disant: «Il m'appartient de payer ses dettes: ne suis-je pas sa veuve aux yeux de Dieu?» Elle résolut de porter son deuil. Elle suivit le convoi jusqu'au cimetière. Tout le faubourg y était. Lorsqu'elle vit la longue file de voitures qui s'avançaient au pas derrière la sienne, elle fondit en larmes, et s'écria au milieu des sanglots: «Que je suis malheureuse! Tous ces gens-là seraient venus danser chez moi!»

Comme elle rentrait à l'hôtel, écrasée sous le poids de la douleur, on lui remit la lettre suivante:

Chère maman,

Voici la sixième lettre que je vous écris sans obtenir deux lignes de réponse; mais, pour cette fois, je suis sûre du succès. Je ne vous répéterai pas que nous vous aimons, que nous regrettons de vous avoir fait de la peine, que vous nous manquez, que nous commençons à allumer du feu le soir, et que votre fauteuil vide nous met les larmes aux yeux: vous avez résisté à toutes ces bonnes raisons-là, et il faut des arguments plus victorieux pour vous décider. Écoutez donc: si vous voulez être bonne et revenir auprès de nous, je vous donnerai pour récompense... un petit-fils! Je n'essaye pas de vous dépeindre notre joie; il vaut mieux que vous veniez la voir et la partager.

Lucile d'Outreville.

«Oui-dà, s'écria Mme Benoît, un petit-fils! Et si c'était une petite-fille!»

Elle courut à la cheminée, et poursuivit, en se mirant dans une glace: «J'ai quarante-deux ans; dans seize ans, ma petite-fille fera son entrée dans le monde; ses parents ne sortiront jamais d'Arlange: qui est-ce qui la conduira au faubourg, si ce n'est moi? Chère petite! je l'aime déjà. J'aurai cinquante-huit ans, je serai encore jeune; et d'ici là, je ne ferai pas la sottise de me laisser mourir comme certains vieux maladroits. En route pour Arlange!

—Madame, interrompit Julie, on vient de la Reine Artémise avec des étoffes de deuil.

—Renvoyez-moi ces gens-là! Est-ce qu'on se moque de moi? Le baron ne m'était rien, et je ne veux pas étaler des regrets ridicules.

—Mais, madame, c'est madame qui a dit...

—Mademoiselle Julie, quand votre maîtresse vous parle, il ne vous appartient pas de dire mais. Parce que j'ai supporté vos défauts pendant quinze ans, vous avez peut-être cru que j'étais engagée avec vous pour la vie? C'est comme maître Pierre, votre fidèle ami, qui suit vos bons exemples et n'en veut faire qu'à sa tête. Vous me servez passablement mal; et ce qui est beaucoup plus grave, il vous est arrivé à tous deux de manquer grossièrement à Mme la marquise d'Outreville. Ne venez pas encore objecter que c'est moi qui avais dit. Le fait est que ma fille ne peut plus vous voir ni l'un ni l'autre; et comme je retourne à Arlange...

—Je comprends; madame nous punit de lui avoir obéi.»

C'est ainsi que Mme Benoît congédia ses alliés avant la signature de la paix. Deux jours plus tard, son sourire éclairait Arlange. Elle ne parla point du passé; elle s'abstint de toutes récriminations; elle se réconcilia franchement avec sa fille et son gendre: peu s'en fallut qu'elle ne convînt de ses torts.

«Mes enfants, dit-elle, que vous êtes bien ici! Restez-y longtemps, restez-y toujours! Gaston avait bien raison de faire l'éloge de la campagne: C'est moi qui doterai vos filles: ainsi, ma Lucette, règle-toi là-dessus.

Mais comprenez-vous cet engouement qu'ils ont pour Paris? C'est une ville abominable; je n'y ai trouvé que déboires, et je n'y remettrai jamais les pieds que pour conduire mes petits-enfants dans le monde!»

Dix années viennent de s'écouler.

Gaston, fidèle aux deux passions de sa jeunesse, consacre la meilleure partie de son temps à Lucile, et le reste à la science. Son usine prospère aussi bien que son ménage. Il a poussé vigoureusement les progrès de l'industrie métallurgique; il a précipité la baisse des fers: grâce à lui, la tonne des rails est tombée de francs à , et il ne désespère pas de l'amener à , comme il le promettait jadis à son ami l'ingénieur des salines. C'est d'ailleurs, un beau forgeron que le marquis d'Outreville, et vous ne lui donneriez pas plus de trente ans: les années ont si peu de prise sur l'homme heureux!

Mais Mme Benoît est une petite vieille femme fondue, amaigrie, ridée, maussade, insupportable aux autres et à elle-même. C'est qu'elle a attendu vainement la petite tête blonde sur laquelle elle fondait ses dernières espérances. Les sept enfants du marquis sont sept garnements joufflus qui se roulent du matin au soir dans la poussière, qui trouent leurs vestes aux coudes et leurs pantalons aux genoux, qui ont des engelures l'hiver, et les mains rouges en toute saison, et qui iront tout seuls au faubourg Saint-Germain, s'ils ont jamais la curiosité de voir le paradis de leur grand'mère.

Gabrielle-Auguste-Éliane mourra comme Moïse sur le mont Nébo, sans avoir mis le pied sur la terre promise.